CORTEJO DO DIVINO

e outros contos escolhidos

NÉLIDA PIÑON

CORTEJO DO DIVINO

e outros contos escolhidos

Seleção e apresentação de
Maria da Glória Bordini

www.lpm.com.br

L&PM POCKET

Coleção L&PM Pocket, vol.191

Primeira edição na Coleção **L&PM** Pocket: janeiro de 2000
Esta reimpressão: dezembro de 2007

Seleção dos contos: Maria da Glória Bordini
Estes contos foram extraídos dos livros *Tempo das Frutas* (1966), *Sala de Armas* (1973) e *O Calor das Coisas* (1980), todos editados pela Editora Record.

capa: Ivan Pinheiro Machado sobre obra de Marc Chagall *Par de namorados num fundo vermelho*, 1983. (Propriedade dos herdeiros do artista.)
revisão: Renato Deitos e Delza Menin

ISBN 978-85-254-1005-4

P667c	Piñon Nelida Cuiñas, 1938- Cortejo do divino / Nélida Cuiñas Piñon. – Porto Alegre: L&PM, 2007. 178 p. ; 18 cm. – (Coleção L&PM Pocket) 1. Ficção brasileira-contos. I.Título. II.Série. CDD 869.931 CDU 869.0(81)-34

Catalogação elaborada por Izabel A. Merlo, CRB 10/329

© Nélida Piñon, 1999

Todos os direitos desta edição reservados a L&PM Editores
Rua Comendador Coruja 314, loja 9 – Floresta – 90.220-180
Porto Alegre – RS – Brasil / Fone: 51.3225.5777

PEDIDOS & DEPTO. COMERCIAL: vendas@lpm.com.br
FALE CONOSCO: info@lpm.com.br
www.lpm.com.br

Impresso no Brasil
Primavera de 2007

A ESCRITA DA PAIXÃO

Maria da Glória Bordini
PUCRS

Nélida Piñon talvez seja hoje mais conhecida por seus romances, mas foi no conto, na década de 60, que começou a atrair a atenção dos leitores brasileiros e especialmente da crítica, que a celebrou como uma nova Clarice Lispector. O tempo, porém, encarregou-se de mostrar sua originalidade. Sem concessões ao gosto pelo fácil e o familiar, sua arte de contar exige almas irmãs, atentas à ondulação dos vocábulos, às frases como águas vertentes, ora convulsionadas pela emoção, ora límpidas nos remansos da narração. Em seus contos, o narrador por vezes se despersonaliza, para observar e acentuar a via-crúcis das relações, e outras vezes assume a voz do protagonista, seus temores, hesitações, paixão cega ou submissão irônica.

Suas histórias são sempre desconcertantes, exacerbando as características do conto: uma arquitetura toda voltada para o final que surpreende, eleva ou nauseia. Nos contos aqui reunidos, extraídos de *Tempo das Frutas* (1966), *Sala de Armas* (1973) e *O Calor das Coisas* (1980), atormentam-se mutuamente comunidades e indivíduos singulares, em situações insólitas, enfrentam-se casais em desacordo, pais e filhos, irmãos e estranhos visitantes, consciências pesadas ou aflitas até o limite, mulheres oprimidas e homens inescrutáveis.

Esse cortejo de debilidades, ódios silenciosos, amores inconcebíveis de tão intensos, habita os dramas humanos como se fossem casas de múltiplos corredores, patamares e vistas inesperadas, desvãos e cubículos obscuros, carregando em seu âmago fugidio uma ameaça e uma inquietude sem nome. Desdobrando o labirinto da existência numa espécie de livro de armar, Nélida Piñon nesses contos explora o fantástico e o grotesco lado a lado com o erótico e o horrendo, o trivial e acima de tudo o poético, pois nela a narrativa e a narração se confrontam e o leitor se emaranha no discurso tanto quanto na história, incapaz de resistir a sua potência.

ÍNDICE

Cantata / 7
Fraternidade / 19
Menino doente / 52
Fronteira natural / 63
A sagrada família / 77
Os mistérios de Eleusis / 88
Cortejo do divino / 96
O Jardim das Oliveiras / 107
I Love my Husband / 145
Finisterre / 157

Cantata

Era casada com meu pai, aquela mulher. Ela sabia que eu a desejei desde o primeiro instante, quando ele a trouxe até mim dizendo:

– Esta agora é minha mulher.

Sem mais palavras abandonou-nos solitários com o nosso pavor e nosso desejo. Ela, mais valente do que eu, disfarçava melhor. Ria na frente do pai, e parecia sua felicidade produzir-se por ele.

Até o dia em que íamos pela praia, o pai e o povo todo atrás descobrindo coisas tolas, que só a eles interessavam. Conosco era diferente, lutávamos para implantar o desprezo, que jamais viessem a descobrir o que nos dominava. As águas molhavam os pés da mulher, esta coisa inocente das águas descuidadas, sem qualquer conseqüência. Mas exatamente este movimento agia em mim como se eu a houvesse implantado nua no mundo, pondo-me convulso à medida que sua carne se distinguia, iluminada, estranha, perpétua.

Como se não me importasse com seu corpo que as águas perpetuavam com esplêndida transitoriedade, assumi o desgosto profundo do prazer que eu temia não dominar naqueles instantes, dizendo-lhe:

                hei de ser forte para agüentar o que ainda preciso dominar para vir a possuir, porque o amor começa quando a gente nem dele precisa, ou melhor, quando a gente precisa tanto que pode amar porque confunde tudo, porque a confusão é também a exaltação do que se precisa sentir, eu devo saber que resistirei a tudo que uma mulher imporá em meu organismo, porque embora a violência do desejo, fora de mim também altaneiros existem outros desejos, igualmente poderosos,

                o corpo que se ama é o corpo de que não se depende para se deixar de amar, o que quero dizer é que exatamente se ama porque se vai desejar com intensidade, e isto deve explicar todos os danos futuros, e existindo o desejo, a gente começa a se desorganizar, a pôr amor onde existe a turbulência, porque a desordem é o imperativo do amor, e eu que não sei se o amor é também a necessidade que se tem de instaurar a ordem no corpo, penso em meu pai, no seu corpo molhado porque a sua carne está molhada, já que se sofre na carne as inquietações do corpo amado, e, porque meu pai criou em você a sua semelhança, hei de me perpetuar no que virá depois de mim, também necessito de uma mulher, uma mulher que não carregue a imagem de meu pai, porque a sua imagem será sempre a imagem de minha mãe,

você, quando me ouve, antes ouve meu pai que já lhe impôs condições que me pertenceriam se eu lhas tivesse ordenado primeiro, porém a força do meu pai depende de uma precisão mais desesperada do que a minha, porque mais rapidamente será ele tomado pela transitoriedade do amor, pois que terminando ele de amar, cumprirei idêntica obrigação, mas quando nós dois amarmos ao mesmo tempo, o mundo não resistirá à guerra, mesmo quando veementes defendamos a paz,

não será possível vivermos ao mesmo tempo enquanto propusermos ao mundo as mesmas coisas, porque se ele deve dominar uma sabedoria intensa, minha chama necessita ser mais ardente do que a sua, e quando sei mais do que ele porque lhe falo, e sua chama brilha mais do que a minha porque você tornou-se sua mulher, então as águas inundam o corpo onde deveria eu ter instalado meu domínio, sem que meu pai se importe, já que em sua idade nenhuma correção é indispensável,

    assim, o equívoco surge ingrato, que é como eu o compreendo, e discutimos enquanto minhas exigências são perigosas, se além de ofenderem meu pai sobretudo ofendem a memória que nele se criou de minha mãe, e vindo a amar a mulher que deita com meu pai, também deito com minha mãe, porque além de me criarem, haviam ambos criado no amor o indissolúvel tempo de viverem o seu século, pois que se formaram para eles mesmos, e estando agora minha mãe enterrada, e esforçando-se o homem que é meu pai em ter com a mulher mais jovem tudo que minha mãe ensinou a pôr no seu corpo, mesmo que se houvesse admitido como perfeita a sua técnica, ainda assim submetia-se ele a ela para poder entrar em seu corpo, deitando ali raízes,

    e como o que minha mãe aceitava transitória provinha muito mais das suas entranhas com sólidas condições, acabava o homem dando-lhe o que já lhe pertencia, por direito de uma natureza sempre empolgada, a sua aceitação também atingia a liberdade, e as suas lisonjas,

    meu pai, vindo atrás, não consegue esquecer que estando minha mãe enterrada já não tem ele mais direito à vida, e você jamais atingirá a sua espécie enquanto um semelhante não lhe revelar as imagens claras e arrebatadas das suas entranhas, porque um corpo sempre se ilumina à passagem de um outro, como se com punhos fechados dentro do ventre da mulher se colhessem amoras vermelhas porque cauteloso nele implantou-se o que poderia um dia produzir amoras-vermelhas.

Ela olhou-me olhos adentro, parecendo chorar, e desejei ajoelhar-me, admitir que a amava, e mais do que o amor, eu podia ser generoso, já que uma crença se instaurara em meu corpo, sem que eu houvesse aprendido a exigir o seu arrebato. Aqueles olhos molhados tinham o poder de me imortalizar, e, eu pensei, meu Deus, eu sou jovem porque só a juventude merece o amor que distraído alguém nos oferece, quando eu tiver a idade do meu pai, não terei direito de receber de outros olhos seus reclamos mais urgentes, é preciso que eu nunca mais esqueça que a partir de uma época, fica-me proibido o amor, porque, aceitando o amor, serei incapaz de aceitar exatamente aquilo que é a notoriedade de se ser velho e compreender o mundo.

A mulher também sorria por não poder

falar sem fazer do seu amor um instrumento fatal. E porque eu esclarecera o absurdo, dispensava-se uma exibição. Íamos andando, na memória seus olhos molhados, e o desejo instalara-se violento e apoteótico. Quando a vontade tornou-se um marco nas nossas vidas, colhi sua mão que, fresca e arrebatada, inocentava a minha perplexidade. Renunciáramos ao mundo. Eu me entristecia de ostentar um amor que diante de meu pai assumia uma visão criminosa, e de exibir um amor que, apesar do arrebato por onde o excesso do desejo se escoa, jamais expressaria a ilusão que tinha de dominar abismos em seu nome e no meu, que só passavam a existir depois que eu os concebera.

Nossas mãos agarradas como árvores cujas raízes dominam na terra mais do que a excelência do solo fértil, a sua necessidade de crescer e se pôr áspera, que é o infortúnio de quem atinge profundezas – assim uniam-se para a frente e para trás, em forma de primavera. Nascíamos para exibir o amor, e este estado de espanto nos dominava, ornamentava as coisas com uma doçura serena, coisas que breve vão morrer, porque, após atingir-se uma intensidade, é preciso que a corrente que nos inclina para a frente, mais ainda se intensifique, ou de vez feneça, se morrer pouco a pouco, é como a tristeza existente nos canis, onde os cães ensaiando a vitalidade dos seus gritos sofrem na solidão encarcerada a divisão da vida e da morte. Ela então disse para mim:

– Estou casada com seu pai, e, passando a amar você, o homem tornou-se meu pai também, saí do seu leito já filha, depois que sofri além do seu olhar, a marca do seu corpo, que pensa restaurar o meu, nunca mais serei a mesma,

hei de descobrir no seu corpo o cheiro que o meu exibe sem que jamais eu o tenha apreciado, e sempre que falharmos, que é a força que o amor impõe, passaremos a exigir técnicas melhores e mais profundas,

eu sou a técnica que você vai aprender em mim, sou o corpo que revelará o seu, a penumbra iluminada com o seu arrebato, e, por mais que eu aprenda a gozar o meu corpo, só no seu aprenderei a amar o meu, devo enxergar o seu corpo pela luz que o meu vai conduzir até ele,

meu Deus, como selecionar, quando áreas tão sensíveis como a carne são atacadas pela paixão que é a virulência do amor necessário, quando no momento sagrado da vida, toda a extensão que o meu corpo tem de melhor unir-se àquela pele que seu corpo ostenta, é assim que ele se faz representar mais intensamente – haveremos de gritar esta comemoração, porque acima do prazer transmitiremos aos ancestrais de que só para estes instantes acordamos para a vida, fomos gerados para também nos excedermos em outras concepções,

e, diante da fluidez temporária e amargurada deste prazer, nem seu pai compreenderá a traição que haveremos de cometer sobre sua ancianidade, só assim inauguraremos outra casa, que ele quis construir em mim, em mim ele construiu a casa errada, quis semear no meu ventre a dádiva que só a você compete implantar, porque vem meu corpo se constituindo há anos apenas para recebê-lo,

e nem a vergonha me intimida, ou o julgamento que você ainda fará, no início a gente seleciona o mundo pela vergonha que ele nos inspira, depois a gente seleciona a vergonha pelo muito pouco que o mundo nos merece,

e, desaparecendo a vergonha, fica-se nu, descuidado, que é como nascemos, com a vergonha não se entra no corpo do outro, não se põe o dedo em minúcias que nos aguardam porque são a afronta que o amor faz naquele que vai dominá-lo para sempre, eu sou a sua afronta, você é o ódio que desaparecerá para sempre de minha vida, ainda que não tenhamos dividido o suor que expele o amor denunciando o que se gasta na luta e no ardor,

        quando deitarmos lado a lado, tornar-me-ei o seu abrigo, que já foi do seu pai, e que nele abrigou-se enquanto você não vinha.

Atingimos as pedras, e subindo um erguia o outro, eu deixava ela me ajudar, porque nos encaminhávamos para a perfeição, e sozinho rudemente eu suportaria a salvação. Atingido o topo, ali ficamos longamente. O pai nada disse, sequer movimentou-se em nossa direção. Analisava-nos o seu último olhar como se em vez de filhos fôssemos seus netos, precisava o pai acreditar que assim o éramos, para não nos exibir como seus inimigos; mas, perdendo a liderança da vida, não reclamou. Continuando o passeio, conduziu à casa os companheiros que a sua velhice ainda conquistava.

Parecia um jardim, onde nos abrigáramos. A areia em torno, a vegetação selvagem, e aquele verde esplêndido e feliz. Quando aquela solidão nos exaltou, naturais e vívidos, tiramos nossas roupas, pusemo-las ordeiros sobre as pedras, e nos contemplamos. Eu chorei vendo-me nela, porque eu ia desaparecer em seu corpo. Assim, ela também sentia a melancolia da vida. O mundo iniciava-se naquele tímido instante. Antes dos nossos corpos se unirem, já nossas peles sofriam aquela áspera temeridade. Nada fazíamos, porque ainda não queríamos transigir com o desejo, como se baixinho revelássemos: é preciso que mais profundamente eu viva acima do desejo o amor.

Após termos consciência a que raça pertencíamos, porque também esta espécie de milagre o amor produzia – empurrei-a sobre a grama, entre nós dispensávamos a violência. Modesta, ela colaborava. E sobre ela, livre e exaltado, cumpri a obrigação. Prostrados, ali ficamos, porque acertáramos em excesso, ou porque gozávamos a felicidade de ter praticado os mais absurdos erros e ainda assim continuar a amar, apesar deles, apesar de a paixão ainda não se ter exibido em nós com a força que, uma vez libertos do excesso do amor, saberíamos explorar em nossos mútuos corpos. Invadiam nossos olhos todas as áreas, e estávamos tão sérios, que mal nos cumprimentávamos, ou simplesmente demonstrávamos a familiaridade em que devíamos estar vivendo. Poderíamos mesmo nos ter tornado inimigos, não fora a paixão da análise que nos garantia um mínimo respeito.

A mulher sondava o meu corpo com as mãos, eu me deixara conceber pela sua ousadia, por ser ela agora a mulher que habitava o meu corpo para sempre, mesmo que tantas outras também nele ousassem habitar. Apascentados como as ovelhas, ou como pastor único e indecifrável. Depois, só a maneira de olhar nos compensou, mais do que o prazer. Queria eu dizer-lhe tanta coisa, provocar raiva e amor, porque só para isto nos havíamos unido, mas eu nada podia, sabíamos bem que inaugurávamos uma raça nova e esplêndida, se fôssemos novos e esplêndidos para concebê-la. Ao mesmo tempo, o apreciar nos encharcava de devoção, e passou a não bastar o falar baixo, murmurar nomes com o desespero de quem os esquecera uma vez que os pronunciou. Precisávamos, isto sim, gritar até que quebrássemos no azul do céu o seu equilíbrio que ressentia a nossa agonia.

Pôs ela sua mão no meu rosto e disse:
– Sou uma mulher cansada.

Tão grato o seu olhar que me senti abrandado, sem lutas, esqueci pai, mãe, irmãos, a fraternidade dos convívios anteriores. Eu precisava dela como ela precisava de mim. Fiz-lhe ver que compreendia a sua obediência, também fiz-lhe ver que, a partir daqueles momentos, eu haveria de bocejar em sua frente, porque assim agitava-se a perpetuidade do amor. E bocejei, negligente e tolo. Ela não riu, nem chorou.

Estávamos cansados e premeditados com o futuro que nos ameaçava. De repente, começou a chover. Pus-me sobre seu corpo, para protegê-lo, engrandecido sabendo que minha pele impedia a sua de se molhar. Meu esforço impunha-se em todas partes. Chovia, e não nos importávamos. Amávamo-nos também na chuva, e agora estávamos sujos de lama e eu já não a protegia mais e também não era necessário, a única proteção devida era o prazer que mutuamente nos acendíamos porque dependíamos dele para manter alerta a nossa credulidade. Já de madrugada, descemos cautelosos as pedras, sonâmbulos e graves, e nos afundamos no mar, limpos, serenos, intocáveis. Só então nos vestimos e enfrentamos o mundo, o mundo que meu pai me dera para eu amar aquela mulher.

Fraternidade

A bondade de proteger os viajantes, todo homem que passava pela sua porta. Agora que finalmente afugentara o medo, ou o que o representasse, ofertava-lhes o corpo, só depois restaurando a preocupação do pão, e a comida necessária. Era o seu jeito tímido de seriamente se orientar passageira na vida dos outros. Em verdade, compreendia a serenidade das coisas, sobretudo os viajantes que nem formulavam exigências que ela já não as tivesse cumprido.

Interpretando aquele comportamento, que nem dependia de reserva ou moderação para ser classificado, a mãe olhava a filha, a despeito da análise feroz que forjavam na convivência. As duas mulheres cuidavam da horta, e o crescer de uma natureza sensata já nem espanto causava-lhes. Quanto aos animais, oportunamente abatidos, a carne se destinava à salga no propósito de uma longa conservação. Não se indicava um só pedaço de campo sem cultivo, seguindo capricho de terra abandonada. Só então, naquele relaxamento que acompanha um certo tipo de trabalho, cuidavam da janta.

Quando a mãe morreu, ninguém da cidade apareceu para as despedidas do corpo. Mas a filha procurou tudo esquecer. Com a ajuda de viajantes que ali pernoitaram, nomes obscuros e jamais identificados, pôde enterrar a mãe. Empenhada no trabalho de escavar a terra, nem chorou. O seu corpo não abrigava as convulsões de quem já não controla os sentimentos. Severa, simplesmente preparou a terra como se, em vez de lhe destinar a mãe, distribuísse sementes, início de uma aventura habitual. Desaparecendo na terra o corpo da mãe, e não o milho nervoso e amarelo, distribuído sem a conveniência das trilhas exatas, um sorriso surgiu nos lábios, ainda assim tão delicado que mal se percebia. Pois que o trabalho a extenuara, e certamente aqueles homens desconheciam palavras que acalmassem uma dor exibida. Tanto eles quanto ela mal lidavam com a gentil evaporação de um sentimento. Não se fizera a mulher para uma convivência que atingia os seus limites.

Depois, o irmão trancado no quarto durante o dia recusando a luz do sol. Escurecendo, disse-lhe:

– Olha, a mãe morreu.

Ele sorriu, e a mansa cara de idiota, aquela expressão que o acompanhara desde pequeno, esgotava qualquer explicação.

Só pela noite abandonava o quarto, e neste instante a irmã apagava a luz do corredor para que ninguém o observasse na estranha travessia. Arrastado pelas paredes, lá vinha ele, com aquele cheiro de mijo que jamais extraíra de seu corpo, detalhando os obstáculos até alcançar a porta, os olhos ainda fechados, quando se perdia na mata, ou em torno da casa, brincando com os porcos, perturbando a vida das coisas destinadas ao crescimento noturno.

No tempo da mãe, ainda reclamava, porque desde épocas memoriais as duas perceberam que ao menos se deviam mínimas palavras, para que nada se esgotasse definitivamente, ou matassem um porco quando apenas uma galinha destinara-se ao luxo da morte. Reagia a mãe com estranhos caprichos, andando pela casa, a mão na cabeça imitava os gestos dementes do filho. Tantas vezes passava a noite com ele igualmente brincando com as galinhas, igualmente perturbando o milharal que ao vento cantava o seu grito aflito. Sempre aguardou o seu retorno, quando então voltava a dormir na casa. Sem forçar a explicação que denuncia um mundo preciosamente reservado.

Como a morte da mãe não o abateu, pretendia que tudo ia bem, e plantava e colhia como se a respiração atrevida daquela velha ainda a acompanhasse.

Também suspendeu as visitas à cidade. Importunavam-lhe os olhares daquela gente impondo uma intimidade a que não tinha direito, que analisava seu corpo como quem passa a língua por ele identificando um sabor diferente. Desde então exigia dos viajantes as pequenas contribuições que uma casa como a sua já não dispensava. Principalmente detalhes que sujeitassem o irmão a uma mínima seleção. Obrigara-o a fumar para que aceitando o gosto do cigarro igualmente repelisse tantas outras coisas. Aquela espécie de respeito pelo irmão ela cultivava, fingindo gostar. Ia a ele e dizia:

— Perdão, trouxeram-lhe exatamente a marca de cigarro que você detesta. Prometo-lhe mais cuidado na próxima vez.

O irmão, na rudeza de quem simplesmente agarra-se às coisas sem pretender um reconhecimento cada vez que se estabelece um contato, brincava de fumar, por exigência da irmã, sufocado na intensidade da fumaça. Embora a polidez da mulher, imprecisamente considerava a brutalidade também uma forma de convívio para quando se esgotasse a paciência. A mão sempre aberta era um hábito de criança, até que nada mais lhe fosse negado, e o alarme da cara idiota.

Pela manhã, além de lhe trazer comida, ela cuidava do seu corpo, tantas vezes punha-o nu contra a parede, em flexões rápidas modelando suas pernas, o pano molhado entre as partes íntimas. Abstraía-se o irmão afobado como quem formula pensamento. Quando a irmã concentrada na missão e o pensamento distante, ele se irritava voltando-se para a parede, até que ela pedisse. O ímpeto da irmã era de reagir, obrigá-lo à limpeza sem aqueles caprichos. Mas vinha devagar, fazendo-lhe cócegas debaixo do braço. A princípio, nervosa mas miúda a risadinha do irmão. Depois, à sua insistência, ria tão alto que ela quisera abafar um grito que contamina os tijolos, ressoando lá longe. Até cair no chão, de cócoras, dentro de um estertor.

Docemente a irmã acariciava seus cabelos, reerguia-o com meiguice, para que não perdesse o equilíbrio quem era sensível às alturas. Só então acabava a limpeza e sentado numa mesa o irmão comia fazendo barulho

que lhe provocava nojo, mas ela nada dizia
que perturbasse a refeição, talvez porque não
adiantasse, ou porque a delicadeza existente
entre eles excluíra admoestações. A cara ficando suja, lambuzada, expressava prazer, ela
punha-o limpo de novo. Sem reclamar, sem
tornar a vida mais difícil. Era quando lhe relatava na linguagem hesitante os feitos noturnos, suas brincadeiras bobas.

A princípio teve medo de não mais se
responsabilizar por suas loucuras, uma vez que
se afastava tanto, mas, percebendo sua inocência e o desajustamento daquele corpo em
liberdade, nada fizera que limitasse as suas
andanças, desse-lhe uma menor possibilidade
de usufruir a noite. Queria-o desfraldando o
seu ímpeto, abalando as pequenas coisas esquecidas no chão, enfim um homem livre, embora a inconsciência de tudo que o dominava.
Era o trato que lhe assentava bem, talvez única compensação que ainda podia lhe dar, em
troca do perigo em que ele vivia, um homem
agindo como menino pequeno, sujando as pernas por distração, sem controlar as necessidades.

Fora difícil perdoar, aquele corpo tocado pela imperfeição, que a bobice distinguia,
mas na ausência de um responsável a quem

apelar, acomodou-se, sem pretensões de mexer excessivamente com a vida. Não suportava longamente os mistérios, a ousadia do esclarecimento. A sua simplicidade apenas permitia o doloroso envelhecer, e bastava-lhe esta ameaça do futuro. Liberara-o esperando que num tempo breve, ainda resguardado, viesse ele a compreender as coisas tranqüilamente, dispensando comentários, mas sempre atento às perturbações do mundo.

Uma noite, o irmão bateu à sua porta, expressando-se tão corretamente que chegou a pensar, meu Deus, será a hora do esclarecimento? Foi dizendo que sim, acolheria o homem que invadira o interesse do irmão, como as galinhas na sua passividade representavam parte de sua atração noturna.

Sonolenta abriu a porta, e já o homem entrava fazendo parte da casa, dominador e truculento. Ela mal o observou. Talvez não pudesse naqueles instantes agüentar a luz, como se, imitando o corpo do irmão e o seu arcabouço frágil, repelisse a claridade e a conseqüência da sua imagem. As feições do homem, à luz da vela, coisa frágil que mal se agüenta, escorregando pelas paredes, disfarçadas sob as variações de um olhar distraído.

Só quando ele se sentou acompanhado

do irmão, ajustou-se àquela invasão, um homem e seus companheiros que praticaram a mesma espécie de vida. E não sendo a recusa um compromisso em seu mundo, e um homem no escuro é a visão perdida, ela não hesitou, trouxe-lhe pão e mais o que sobrara do jantar. A cautela do homem em mastigar amedrontou-a. Exatamente a aparência que ia dominando o irmão, cujos limites são a voracidade da fome, a imprecisa capacidade de calcular, sua sombra de idiota desfila nervosa na parede, o perfil duro nem seleciona as impressões que ajudam a dar forma a um rosto. Contenta-se o irmão com os restos, migalhas caídas da mesa, tal é o ímpeto do olhar. A sua fatalidade é englobar o mundo, já que não é capaz de dividi-lo. A baba espessa escorrega pela boca. Começou então a mulher a pressentir que após a existência do pão tanto passa a existir e enfrentou suas obrigações.

Ocupado na comida, como se lidando com matéria sujeita a consumo dominasse uma etapa natural, dando ao comer uma atenção de quem jamais julgará nada melhor após o prazer que agüentava naquele instante, talvez disposto a demonstrar que a sua intensidade localizava-se onde o seu desejo operava, o homem ria, ora para o irmão, ora para a própria imagem, porque era desta espécie o convívio que passava a existir desde então.

Foi aí que a irmã pensou: agora devo fazer o que é mais adequado para a natureza de um homem. Porque o velho hábito ainda a restaurava, como a flor encontra plenitude à medida que melhor se organiza dentro da terra a ameaça da sua raiz. Nem sorriu, o medo de perturbar uma compreensão generosa apoiava-se na seriedade para não ser escrava, o único controle que exercia sobre um mundo admitido após uma simplicidade que sempre a compôs. Disse ao homem:

– Quando você quiser podemos dormir.

O homem parecia não compreender que se estabelece entre duas pessoas a obrigação de exibir um certo prazer. A sua cara olhava a mulher, não perdido em análises, e com isto a imposição de uma superioridade que o conhecimento garante. O homem olhava porque estava cansado, a fartura do estômago exigia-lhe devoção, impedia-o de explicar à mulher a satisfação por que passava após fatigante jornada. Pois pressentia as amarguras e penas de uma explicação, especialmente diante daquela cara idiota em aguda vigília.

Como o animal pacífico não excede os limites que lhe são impostos, a mulher, à indagação onde se dorme nesta casa, respondeu-lhe que era no seu quarto. O homem ainda demonstrou-lhe respeito pela sabedoria rara, mas fez-lhe ver que preferia dormir sozinho, tinha sono e roncava à noite.

O irmão, que nasceu bobo, de repente correspondendo aos sacrifícios da irmã, que aguardava uma compreensão que ao menos uma vez a aliviasse da penosa carga, gritou iluminado:

– O homem dorme no meu quarto.

Os dois homens abandonaram a sala, após o que o irmão voltou.

Procurou a irmã esquecer as coisas pequenas que começavam a se articular, porque o fio inicial era discreto, e nem a habilidade da mão desmancha com delicadeza estes trabalhos. Removida de uma obrigação antiga, hesitava em descobrir a razão de um homem rejeitar uma certa hospitalidade. Que abalou convicções apoiadas tão-somente em coisas miúdas, disfarçadas em afazeres diários. O quarto malcheiroso do irmão abrigando um homem cansado, e ela pensava o que obriga um homem a recusar um prato oferecido. Como se tivesse indagado, o que é que se passa na vida de um homem, e só agora, a partir daqueles instantes, se desfizesse da mansidão em que sempre vivera. Mas, como a análise importava-lhe à medida que a libertava de todas cautelas, dirigiu-se ao irmão:

– Então, você não vai passear?

Seu riso idiota, os dentes brancos destacados à luz da vela, o irmão deitou-se no chão, parecendo dormir. Então a irmã pensou, preciso cuidar para que nada seja diferente a partir de hoje. Viu-se envolvida por uma paz engolfando o corpo, como se um líquido quente jorrasse entre as pernas, e era agradável antes da friagem que viria fatalmente.

Semelhante ao irmão, aquela luz que mal iluminava a vida, um louco cauteloso apalpando as paredes, na certeza de um destino, ela também escorregava pelo corredor. Por algum tempo grudou-se à porta do homem, um ronco duro e grave transpassava a parede. A violência da comichão na barriga, a sensação quente que estica as peles para baixo, como se assim sofreasse o ventre inquieto. Quando nem a sua severidade corrigia os impulsos da natureza, apressou-se para o quarto, logo então o seu corpo nu era uma paisagem branca tombada no chão, violenta, apertando o baixo-ventre, aquela área sensível de ofensa que só a paixão protege. Sem que as mãos moderassem o desejo, a mulher jogou-se na cama, conformada e esparramando as pernas.

Por longos meses o homem não voltou, apenas a angústia de uma hora incerta, e a certeza de que nem a bondade corrige o erro. Também o irmão silenciou-se, embora em algumas noites dormisse no chão da sala, dispensando a audácia da vela, à procura do conforto de uma presença que a sua indolência criara. A mesma limpeza da casa e dos corpos, o pano molhado subindo as pernas do irmão e nervoso ele perdia o calor dos detritos.

Até que numa noite bateram à porta, o ruído discreto de quem não quer perturbar, mas não modifica uma situação necessária. O irmão gritou pela irmã e a porta abriu-se.

– Ah, é o senhor!

Entrou como dono, ou como quem jamais se afastara dos seus domínios. Conhecendo os hábitos e por conseguinte expressando fome, aquela precisão que devia ser alimentada, o estranho sentou-se à mesa. Diante daquela ameaça, a mulher sentia vergonha, porque haveria de cumprir até o fim uma obrigação intimamente ligada àquele homem, sem apelar para a sordidez do riso fácil. O pão e o resto das coisas frias, após o que observaram o homem alimentando a sua astúcia.

O homem sabia que retornara a um domicílio seguro, de onde talvez fugisse quando as dificuldades fossem insuperáveis, e compreendesse o esgotar de uma aventura.

– Onde se dorme nesta casa?

A mulher não buscou apoio na cara idiota do irmão, se a ela apenas competia a lição que se estabelece entre um homem e uma mulher. Foi andando, e talvez pensasse, escuta, irmão, preciso cumprir meu dever.

Ruidoso, a preciosidade de apertar a barriga expressando satisfação, o homem seguiu-a e fecharam a porta. A mulher rondando e o homem tombado na cama, o cheiro forte debaixo do braço. Impaciente, ela indagou:

– A menos que você vá à cidade comprar outras velas, terei que apagar esta última.

Suspirou o homem percebendo que seu castigo não era a simplicidade daquela reclamação, mas todas as outras que a mulher haveria de assumir na vida.

– Minha filha, você acha que eu faço amor no escuro?

A mulher não se mexeu, para ser vista e apreciada. Displicente o homem disse:

– Vamos, seja prática, tire a roupa.

Ela foi se desfazendo até a expiação do corpo nu, magro, rijo e animal nos movimentos. O homem nem olhou, não que permitisse à mulher a graça do pudor e com isto a sabedoria de extrair do corpo relaxado uma esplêndida naturalidade, ou porque concentrado no desejo sobre ela se disporia com maior ímpeto. Olhava o teto, manchas que as moscas abandonam no limpo, enumerando as pintinhas distraía-se, talvez pressentisse que a solidão da mulher é a fruta perdida embora localizada na árvore e a perfeição da sua espécie a ameaçasse com a aparência das coisas douradas que apenas dependem das suas mãos para o esclarecimento maior, vicejarem e se desfazerem na multiplicidade aguda dos seus dentes. Finalmente irritado perguntou:

– Você está pronta?

Sentia a fecundação do homem como uma espécie de deslumbramento, não porque lhe imprimisse um capricho novo ou lhe impusesse uma sabedoria que sua carne sempre impessoal desconhecera. Deslumbrara-se com a indiferença e a casualidade do homem que recolhia as coisas do caminho como quem remove um obstáculo. Assustou-se com o segredo, e pela primeira vez envergonhada percebia seu corpo, como se durante a distração convulsa do amor estivesse vestida e após o prazer que o amor lhe proporcionava se percebesse nua com um estranho que a alisava por lhe faltar outra ação, como amassaria um cigarro na displicência do fumar.

A vergonha era um estado novo, e mais do que usufruir esta alteração percebia, e só agora, que vivera um passado indecifrável, onde nada investira, nem o estranho lucro do corpo. Como se o homem representasse o desinteresse que também ela tivera com o mundo. E nem agora conseguia denunciar a diferença, em que movimento do homem recuperou o poder da vida, porque altiva nenhum grito admitiu o prazer. A mulher ruminava a existência do homem e isto a incomodava como pesava-lhe o afastamento do seu corpo na vaga procura. Como passara a precisar, começou a descobrir e ser feroz, porque o homem não sendo bem um capricho, ou um objeto que ainda depende do uso para estar em função, tornava-se alguém de quem dependia para analisar o prazer e um passado inútil, e um irmão idiota, cuja saliva escorregava rosto abaixo, quando não lhe era possível o controle das coisas internas.

Dono de uma cama e de uma mulher, levantou-se determinado e objetivo, fazendo barulho abriu a porta. Tombado no chão, olhos abertos e assustados, todo o princípio da vida resumia-se na sua escassa sabedoria, o irmão, atrás da porta, aguardara os cumprimentos dos ritos do amor, enquanto, perdendo no rosto a inocência, exprimia a necessidade do corpo, agora que intuíra o desenrolar do longo estertor das carnes.

— O que é que você faz aqui, camarada —, o homem perguntou. Aquela face iluminou-se com uma luz breve, que nem se distingue da vela, mas o sorriso era violento, alguma coisa selvagem que comia as plantas e deliciava-se. Mexeu com a cabeça, disfarçando a alegria. — Ah, já sei, você também tem sede.

Apanhou-o pelo braço, e o irmão temia a queda, tão frágil o seu equilíbrio, embora o homem amparasse-o, imaginando-o tonto, bobo de tanto sono.

Só voltaram no fim da madrugada e a mulher de nada indagou, por lhe bastar o seu segredo, e não lhe competir ainda a denúncia. Pela manhã o homem não fez preparativos de partida. Obrigando-o a ficar, ela pedia-lhe pequenos favores. Assim ia ele renovando seus votos e fervor durante a noite, e a mulher, despojando-se de uma imprecisão, dedicava-se ao trabalho ativo, às plantações mais vigorosas. Após o amor, o homem abria a porta, sempre encontrava quase ajoelhado o irmão aguardando, agora que desistira dos passeios agudamente plantados nas noites, naquela posição incômoda que era o seu sacrifício, umas olheiras fundas de quem passa a desejar um pão mais salgado, uma lentidão assinalando o primeiro domínio sobre o próprio corpo, descuidado e grande, que, desligado das tarefas diárias, não se fizera para usos mais intensos.

Iam então até o poço, depois perdiam-se escuro adentro. Um dia a mulher pôs ao lado da cama um vaso de água, para quando ele tivesse sede. Disfarçou intensamente, para que não se tornasse manifestação ou artimanha posta a serviço de possuí-lo por tempo maior. Mas quando viu a água ele riu, botando vergonha naquela nudez estendida e lassa. Ergueu-se como quem ainda procura, não lhe bastara o que extraíra da mulher, como se, após o leite fresco da vaca no estábulo, exigisse sabores diferentes. Cautelosa, ela apontou a água, tentando corrigi-lo, dar-lhe idéia de que se compõe um engano, quando se rejeita o que alguém pensa certo e seguro. Mas o homem acrescentou:

– Quero água fresca.

A mulher virou o rosto para a parede, distanciadas as vozes do irmão e do amante, em busca de outras caças. Desde então a irritava o irmão grudado atrás da porta imaginando o que fazem duas criaturas solitárias num quarto, e por isso começasse a inventar sobre o que mancha em movimento duas carnes, porque seu corpo se beneficiava da imagem. Quis distraí-lo, estimular-lhe novos passeios, ainda fazer-lhe ver a conveniência de voltar para o quarto, ele que jamais assistira à opulência do dia.

Mas o irmão não se deixava controlar. Seguia o homem como um cachorro acompanha o que já é sua vontade. Então a mulher fingia trabalhar, ora interessando-se pelo homem, ora, numa última liberdade, insinuando que ele devia partir. Porque queria extrair-lhe uma confissão, onde ele admitisse ter ficado apenas porque quis e não porque fora simplesmente descuidado e esquecera os compromissos. A única iniciativa do homem foi exercitar na terra a sua capacidade indolente de eliminar os obstáculos que se acumulam tantas vezes inocentes.

A intensidade física do homem atraía o irmão, e nunca se separavam; contava-lhe graças, brincavam com os animais, ensinando-lhe truques interrompidos sempre que ela se aproximava talvez para ouvir. Percebeu a irmã que à sua presença um cavado silêncio derrubava-os, como homens magistralmente severos. Pensou que talvez a sua inabilidade impedisse a harmonia das brincadeiras mais pesadas. E que dois homens, mesmo um sendo idiota e débil, se deviam uma sorte de relatórios excluindo qualquer correção que a presença de uma mulher ainda exige.

Brincando o homem disse:

– Escuta, mulher, quando trabalho não quero conversas, não posso ser incomodado.

Embora a advertência, eles gozavam o mundo em risos ácidos atingindo a umidade da saliva, que era a saliência de homens que aprimoram o prazer, como se com o excesso da convivência jamais esgotassem o saldo da vida. No irmão o riso modificava a pele, era desigual o seu brilho, mas uma denúncia de prazer, porque suas pernas tremiam, incontidas no espaço comum, decifradas pelo homem que agora lhe fazia cócegas, para que mais risse, perdendo o corpo o seu equilíbrio, até cair, a boca na estranha luta à cata talvez de carne, só os olhos embelezavam-se em toda aquela crispação excessiva. Uma intimidade de homens promíscuos, que mal respeitam os limites da espécie.

Sentiu nojo do irmão, sua cara suja e aquele cheiro de mijo que jamais lhe conseguira arrebatar, uma pele habituada a um mundo agônico, com exigências e reservas particulares, embora a contradição da limpeza do viajante que possivelmente tornou-se uma atração, o recurso do próprio corpo que nem a devoção de uma existência resgata. Sem que pudesse emendar o erro do seu julgamento, que era a represália do seu ciúme, e salvar o irmão. E como esta espécie de nojo sendo a sua intolerância, fazia-se acompanhar de um sentimento que até mesmo afasta a dádiva da fraternidade, fechou os olhos, sofreando a limpidez do exame. Após dormir com aquele homem, não somente intensificara o desejo, a perplexidade daquelas carnes unidas, como também dedicara-se a sondagens antigas, à inoperância dos dias passados, como se fossem sadios. Já não sorria ante a graça do irmão, cujas intimidades do corpo sempre amara porque dependiam da sua habilidade e isenção para o asseio completo.

Um dia, à pressão de sucessivas gargalhadas, o irmão conseguiu avisar-lhe que iriam à cidade. Logo, um pressentimento manchou-lhe a boca. Olhou o homem, como quem não pode perder além do que já perdeu, contudo esperançada de que em breves palavras ele modificasse a sua crença. Porque dispunha-se a admitir o seu engano para não perdê-lo, aquele descuido do homem que ousava criar no seu corpo uma preguiça indispensável, mesmo que para isto se conservasse na agonia da suspeita silenciosa.

Percebia que o homem não dependia do seu consentimento para preservar um mundo que se fez seu na conquista. Quis ainda lhe propor, é importante para você levar à cidade o meu irmão idiota. Mesmo que ele admitisse que iria à cidade simplesmente seguindo o prazer de exibi-lo, ostentá-lo à hilaridade pública, nada faria porque o objeto engraçado é aquele que afasta a culpa que ninguém pode assumir, a necessidade de se eleger a graça em troca de qualquer desonra.

O resto do dia foi cheio de trabalho, limpando as porcarias do galinheiro, um aperto no coração incomodando, e sempre dizia, meu Deus, eu estava tão habituada à vida, por que desisti dos viajantes, por que o irmão é idiota e descobriu o mundo? Mal suportando o desvendar de qualquer verdade, enquanto as galinhas cantando nas brigas deixavam as penas caírem e mais tanta sujeira sem solução colorindo seus sapatos.

Até comendo averiguava a estrada. À noite, identificando no ar algum cheiro que apaziguasse a carne e a tentação da sabedoria. Sempre consolada na esperança de que chegassem brevemente foi se deitar, a eternidade de uma cama onde a displicência do homem repetira um rito dentro de horários e movimentos habituais.

Aquela ausência esmagava-lhe o corpo a ponto de imaginar a abundância de raízes secas na sua carne descampada, a curiosidade movendo-lhe a mão em direção ao sexo, como se pudesse atingir o ventre com o punho fechado, sentir uma presença que longe de feri-la trazia benefícios, pois a mulher desejava vantagens para o corpo como quem na satisfação da comida aperfeiçoa o paladar. Apenas não ousava violentar as fronteiras, apalpar-se com a mão que apenas lhe parecia feita para investigar o corpo de um homem. Restava-lhe aguardar, porque, se o mundo não representa a satisfação desejada, também podia ser a selva bruta onde se perde a delicadeza de possuir um corpo, talvez até feio e ingrato, mas destinado ao estímulo e à multiplicação.

Debaixo do lençol, abriu as pernas, imaginando o peso do homem que, ao lhe arrebatar a imobilidade, sobre ela crescera em profundas exigências, e a bravura daquela pele que era a alegria da sua carne, um homem cuja rebeldia submete a quem se sujeita ao desenvolvimento da ferida, que também é destino. Murmurava, está bom, continue, até o sonho dispor-se à realidade. Só depois, quando as ondas bravas nada são que ímpetos senis, ela dormiu.

Pela tarde do dia seguinte, o sol ainda dourava a estrada, ouviu a alegria excelente e desarmoniosa das vozes em canto. À sua frente, abraçados em mútuo apoio, mal agüentavam-se de pé, bêbados e coloridos.

– Como é, mulher, está tudo bem?

Viu no irmão a baba persistente, o cheiro de álcool invadindo o corpo desorientado na súbita felicidade. Na tarefa de apreciar ou rejeitar a intensidade de qualquer cheiro, sabia que jamais o reabilitaria daquela sujeira. Já não ultrapassava os obstáculos. A sua natureza tímida, mal disfarçando, rejeitava o irmão porque de outro jeito não se compunha uma seleção violenta.

Ele que até ultrajado pelas cócegas dera-lhe um corpo arrebatado esplêndido no chão, diante da mulher que agora alterava o vigor da paisagem, oferecia a violência de um novo rosto. Aproximava-se como a mulher que utiliza certa habilidade para restaurar a juventude indecisa de um corpo, embora as condições adversas.

— Você está bem, irmão.

Bastava-lhe a sua resposta para atingir o pensamento do homem. Se as alterações do irmão representavam mudanças na casa, o desapego e a independência do homem determinavam transformações no seu corpo. E lucidamente passara a depender daquela indiferença e seu mundo descuidado.

De boca escancarada, como se em lugar da língua violenta pondo-se para fora expusesse o sexo até então preservado, o irmão torcia a cara liberto.

— Vamos entrar que eu vou limpá-lo.

Mas a sua idiotice pressentia que quanto mais o limpassem mais se exacerbava a nova ânsia de rolar pelo chão à procura da sujeira com que se conhece a vida. O irmão não respondeu porque o seu corpo se engrandecia quando dispensava proteção. Ela hesitava em exercer uma autoridade que ainda estaria em seu poder, ou se transigia com o homem pedindo:

— Você acha que ele está bem?

Com um leve tapa ele acariciou seu rosto, e acompanhado do rapaz ocupou a casa. No seu pacífico desespero a mulher ainda quis lhe transmitir o perigo que passava a representar e que a sua comodidade desconhecia, insinuar-lhe razões. Que já não bastava a sua vontade para controlar a fúria que em breve mancharia as paredes da casa.

Mas ainda submetida às próprias oscilações não dispunha de recursos necessários para enfrentá-los. Como se, a despeito da raiva e do seu cálculo, devesse-lhes uma bondade apenas porque os poupara naqueles instantes do rigor da sua ferocidade, enquanto nem aqueles risos relaxados inocentavam. Por não hesitar diante de obrigações, seguiu-os, bem percebendo a perturbação que sua presença causava.

Olhava o homem por já não dispensar quem provoca sugestão tão ardente, e via-lhe o generoso movimento do corpo, a carne preguiçosa oscilava pela casa. Apanhou o balde e o pano da limpeza.

– Vamos, tire a roupa.

O irmão desnudava-se. Intensificou o homem as gargalhadas a serviço da compreensão do idiota. Aquela nova inteligência que corrompera a cara do irmão, tirando-lhe a frescura da baba inocente, dirigia-se ao homem que a controlava pelo olhar, um barbante invisível arrebatando-os para o mundo das perturbações serenas. Desejou avisar o homem, por favor, observe o meu perigo, mas desatento, só a risada iluminava a vida. O irmão submetia-se ao ritual porque outros mais intensos impuseram-se ao seu corpo. E exatamente o que ela procurava descobrir. Defendia cautelosa a definição do homem.

Mal agüentando a expectativa de uma decisão, ela reagiu fazendo-lhe cócegas, em movimentos que haveriam de submetê-lo. E aguardou. Como se a resistência expressasse uma nova força, o irmão agüentou correto a invasão, um rosto onde nem o arrebato sangüíneo do riso podia manchar o seu organismo. Também parecia-lhe dizer, cuidado que agora eu começo a compreender.

A irmã, que sempre se arriscara descobrindo o corpo do irmão, insistia, porque ambos perderam a inocência e só a ferida de um relevava a raiva do outro. Mas o irmão, percebendo no olhar impessoal do homem seus urgentes compromissos, jogou na cara da mulher a primeira bofetada. Caída no chão, ela não reagiu, sujeita aos caprichos daquela nova inteligência. A cara idiota se organizava, enquanto vestia-se recolhendo peça por peça, nelas ajustado com a naturalidade da convivência excessiva.

Finalmente desobrigada dos encargos, a mulher escondeu-se entre o milharal, aguardando a escuridão, o socorro da luz da vela. Eles ocupavam a sua casa, e se já não agüentava o mundo que se iluminara no irmão, menos aceitava o abandono do homem. De repente, incorporou-se novamente no mundo, iludida de que os homens dependiam do seu aparato na cozinha para sobreviver, da sua eficácia nos arranjos domésticos. Atingiu a cozinha pelos fundos. Percebendo o uso das panelas e a abundância das coisas mexidas.

Correu para a sala, colidindo com as paredes, sem orientação no escuro. Contudo ansiando pelas caras famintas dos homens. Eles, acomodados e triunfantes, já repousavam. Então não soube o que fazer. Encharcados de fartura iam-lhe extraindo a utilidade, esgotavam a tarefa que ainda lhe fora reservada. Só uma imensa alegria invadia as caras onde os efeitos da bebida eram cintilantes.

Nem perguntaram, e você, tem fome? O idiota ameaçava falar como se a sua recente habilidade liberasse-o para as tentativas mais ousadas. Conversava com o homem, talvez insinuasse que a sanidade da irmã resultara do seu selvagem esforço que nada poupou no propósito de recuperá-la, ou ainda, o que viesse ela a lhe comunicar provinha do que lhe ensinava há longo tempo. A mulher tombou na cadeira, sem que eles respeitassem aquela coragem que novamente a impelira para a casa. Pois não compreendiam uma audácia que se empenha na reconquista da sua terra. Apenas ela percebia que após qualquer perda exige-se cautela absoluta para se conservar uma mínima esperança.

Hesitava entre dormir na cama que lhe pertencia e perder-se na noite, nela restaurando um universo que, abandonado pelo irmão, competia-lhe agora compreender. Talvez já nem dependesse de uma decisão para se alterar, certamente em breve a acusariam mesmo apresentando defesas que tantas vezes inocentam. Alisava o corpo, indagando se o rosto registraria uma impressão imbecil. Porque idiota era o irmão, a despeito da nova inteligência que o dominava. Embora a sensatez fosse recompensa para a luta, permanecia a dúvida de que um movimento invertendo a ordem das coisas criara-se em torno de si, levando-a a absorver a idiotice e seu estranho reino. Até compreendia que finalmente se visse ameaçada deste jeito. A frieza da cidade, a tranqüilidade com que dormira com os homens, dispensando lutas e caprichos das outras mulheres que com tais manobras dominam a vida.

Talvez esta reprimenda pairando sobre as pessoas fosse o jeito de enriquecer a matéria dolorosa e grosseira. Sorriu, dominada pela paciência e seus atributos. Enquanto os homens rindo criavam o perigo da amizade, abriu a porta e enfrentava a noite. Andou até se cansar, sempre orientada pela luz da vela que a espessura da janela conseguia ainda filtrar.

Depois, não resistindo o corpo à qualidade de vento e frio que sufocam, dirigiu-se ao estábulo, sem perturbar a cautela das vacas. Mergulhando entre as palhas e disfarçava. O sono inutilizou-a por algum tempo, só a claridade alvoroçada e exagerada do dia despertou-a, e decidiu-se pela organização da casa. Acima do desgosto prevalecia o dever, embora nem sempre se ajustasse à realidade submetida a uma obrigação.

Abrindo a porta da cozinha, encontrou-a fechada. Logo as outras também, igualmente as janelas. Refugiou-se no uso da força, ansiando por um esclarecimento. Só quando pensou desmaiar, após o esforço e a compreensão, decidiu-se pela luta.

Tantas obrigações cumprira com desdém, raramente o prazer a recompensara, ou a preguiça e o gozo. Apiedou-se do irmão, ao mesmo tempo julgando-o alguma coisa pesada e vaga que ameaçava sua vida. Quando a sua imagem perdia as saliências que uma vez o distinguiram, a impressão de baba e de sujeira que era a emoção de mulher tutelando irmão, criou a raiva onde apenas cabiam a saciedade de quem já possui em excesso e a lembrança das coisas fundas.

Com uma barra de ferro, a força do instrumento que esmigalha a madeira, ela venceu. Cuidando como o estranho invade casa alheia. Obrigada a inutilizar o mundo na reconquista, talvez a liberdade consistisse em ferozmente desestimular aqueles que possuindo em excesso impedem o fluir da vida. No seu quarto o homem dormia de pernas abertas ocupando a cama, peito nu. Arrastou-se, para que não a magoasse aquele corpo que ainda atuava no seu com expressão pungente e aguda, em direção da sala onde encontraria os rastros necessários. Precisava reconstituir na memória a contribuição do homem e acomodar-se à idéia de que naquela vida admitia-se uma intensa correção.

A comida espalhada e as garrafas também, dificilmente se removia a imagem dos excessos praticados, os restos de uma desordenada noite. Sentiu a espécie de cansaço que impede o fluxo das considerações. Embora hesitante, pressentia existir no seu profundo conhecimento a esperança que ainda haveria de mantê-la após a prática dos erros maiores. Vertida para o remorso, mas a tranqüilidade por onde se começa a eliminar a alegria dos tempos frugais.

Alcançou o quarto do irmão, o corpo cuidadoso cobrira-se com a colcha. Ele é meu irmão, e eu não posso assumir inteiramente esta imensa culpa. Aguardou a respiração perder seu ritmo exagerado. Uma natureza inclinada para a ação, adotando o erro e o vazio de uma cama. E, porque amava a cara do irmão lúcida e afirmada no repouso, acautelava-se com os detalhes. Tirou-lhe a colcha, pondo a descoberto o peito nu, pois que obedecia a uma ordem. Quando desvendou aquela atmosfera de carne que bem conhecia como se conhece com as mãos as superfícies que perdem a sua ameaça para receber o amor, cuja intensidade nem modifica as decisões – trouxe da cozinha pungente e audaciosa uma faca, e sorria.

Para não hesitar e magoar excessivamente, examinava, apenas faltando a visão ajustada dos óculos para melhor depurar o campo de ação, seria imperdoável qualquer erro. Gentil, a mulher mergulhou no peito a faca. Um grito a princípio estremeceu o quarto, logo o estertor dos nervos em abundância. Até acomodar-se. Nem assim o irmão abriu os olhos verificando quem ousava uma certa limpeza.

A mulher absorvia a visão sangüínea do corpo, com as duas mãos extraindo a faca, perturbada. O peito inundou-se, a cama banhava-se de sangue. Apanhou o balde com água, o mesmo usado para os banhos diários, e aquele pano que fixara antigas sujeiras. Sussurrou no seu ouvido:

– Levante-se, preciso limpá-lo de novo.

Pensativa, dava-lhe tempo de se pôr de pé, oferecia-lhe a habilidade e o conforto que ainda permitem a limpeza. – Agora está bem, não se mexa muito. Só o sorriso derrotava aquela seriedade.

Tirou-lhe as calças e na nudez esplêndida deslizava o pano, ocupando todo o corpo o vestígio da água, acariciou aquele sexo cujo desenvolvimento sempre apreciou e que tão pouco deslumbrara-se com a vida. Foi raspando indolente o sangue, até deixá-lo limpo embora ressentido com sua ferida. Depois, submetida à memória dos movimentos convulsos que sempre a orientaram, fez-lhe cócegas.

Logo exigindo mobilidade do corpo abatido, como o ferido que ainda aguarda da bandeira desonrada após a batalha mortal o leve tremular, sua última esperança de preservar a dignidade e a idéia da vida. Reforçou as cócegas até esgotar-se. Só quando o irmão não correspondia ao seu comando, desistiu dizendo:

– Bem que você merece o castigo.

Deu-lhe as costas, abandonando o quarto deteve-se no corredor. Depois pensou, agora que realizei parte da minha tarefa, não posso hesitar diante de mais nada.

Consciente da sua força, jamais sofrendo os resultados de qualquer ato que viesse a praticar, olhou as mãos, a faca no bolso da saia e murmurou, até que será fácil se eu não tiver pena. E, caprichosa, entrou no quarto onde certamente estendia-se o homem amado.

Menino doente

— Não me aborreça, mãe – gritou o menino doente na cama exigindo atenção. O que se aguarda de uma mulher crescida bastante para ter um filho? Depois raramente a doença arribando um deles, o menino impunha cuidados, embora não estivesse ameaçado de morte. A mãe percorria o quarto, o rosto iluminando-se sempre que o menino se irritava. Ele bem que percebera a necessidade de se alterar uma ordem na conquista de benefícios, quando se descobre não tanto as vantagens de certas lutas, mas a irradiação de qualquer intensidade.

Sempre que gritava para a mãe, aquela rudeza que seria a sua única inocência, um prazer gostoso amolecia-o na cama, o corpo picado de injeções. Ela enternecia-se com o filho implicando com o mundo. Embora compreendesse que assim se fizesse qualquer ascensão na vida, arrogante e criando feridas, porque, mesmo assustado com a competência das coisas, era seu filho.

No início, levado aos médicos zangava-se. Interrompidas suas brincadeiras de moleque, reagia brutal. Agora, eles é que vinham visitá-lo. Revidava com a cara feia, mortalmente desdenhosa. Só o desprezo afugentando a morte. Passou a implicar até com os amigos comuns. Chegava a ameaçá-los com objetos, sempre que descobria algum olhar mais penalizado. Mas vinha sempre igual a reação das visitas, rindo dissimulavam o embaraço. De outro jeito não escondiam a vergonha. Ele, que se dispusera a abalar a dignidade que os amigos ainda pretendiam levar para suas casas, insistia enquanto a mãe aquietava-se. Após um silêncio grave substituir o riso, e a vida limitar-se ao ridículo de uma mútua sabedoria, o menino repousava de um dia de intenso trabalho.

Chegando em casa, o pai aparecia no quarto, sempre cansado.

– Como é, filho, sente-se melhor?

O menino observava-o como a um estranho, inclinado a ridicularizar aquele hábito desesperado e intransigente de apelar para o seu amor a fim de que ambos esquecessem da verdade que jamais abordariam corajosos. Mas, como também ele se nutrira no mesmo tumulto organizado, respondeu:

— Estou, pai.

Um longo intervalo denunciou o medo do homem de também ver descoberta a sua doença secreta. Não suportando, arrumou o travesseiro a pretexto de ofertar-lhe conforto, na sua luta agitando a ordem do menino. Quando o menino ansiava por lhe explicar que até então havia lhe bastado a organização anterior a sua chegada. Quis dizer-lhe nome feio, ofender aquela paternidade que se empenhava numa tarefa restauradora. Apelou simplesmente para a vingança do consentimento e da quietude para atingir a autoridade do pai.

Pressentindo a força do filho adquirida pelo seu próprio abatimento, o homem perturbou-se com a agonia das horas livres:

— Posso fumar, não atrapalha?

— Eu gosto, pai. Qualquer dia fumo também.

O pai coçou o dedo, esfregando o amarelo do fumo.

— Não vou fumar logo? — insistiu pesado.

O sangue e sua aparência afluíram à mão, neutralizando o aspecto ácido. Ainda com a covardia do homem que trabalha, incapaz de proibir ao filho qualquer coisa, fingia abstrair-se.

O menino pensou: enfrento este homem porque estou doente e tenho obrigações, ou comporto-me como uma pessoa saudável e deixo-o em paz. Afinal era seu pai. Nas conversas de rua, as piadas sempre pesadas, apelavam os meninos para o grosseiro tentando compreender os mistérios imediatos. Descreviam em minúcias a trajetória amorosa de um corpo e, embora o ímpeto de uma natureza pronta a se esgotar, movidos por escrúpulos, não ousavam qualquer experiência. Limitavam-se a ridicularizar as intimidades da cama, ainda perplexos do nascimento individual. Só porque nascera precisava ele trabalhar como um louco, quando era tão simples a feitura de um filho? Fosse homem e elucidasse o seu pensamento haveria de concluir como resultado de um longínquo sentimento de amor: se um homem tem um filho tão naturalmente e começa a se matar e a matar outros companheiros para sustentar a conseqüência desta facilidade, então algo de muito inquietante passa-se no coração dos homens que eu não entendo.

Precariamente passou a compreender que ele e o pai fossem como uma teia organicamente estruturada por onde uma mão quase não circula sem romper ligações que em breve se reconstituem, é verdade, mas criando a indiscriminação da pedra, que é a sua defesa.

Como mal se aceita a tutela de um homem que reivindica paternidade, há sempre a hesitação em enfrentá-lo, embora perceba-se inquieto que mesmo independente subordina-se ao repelente aparato de se tornar homem.

– Então, pai, você trouxe chocolate.

O homem aceitou a trégua e repousou livre.

– Mas coma só um pouquinho. O médico não quer.

– Bobagem, pai. Os médicos são uns bobos. Proíbem chocolate porque já não estão mais em idade de apreciá-lo.

O pai fluía junto à vivacidade do filho.

– Você está cansado, pai.

– Sim, filho.

– Sempre que um homem volta do trabalho, volta cansado?

Desprezou o pai porque exatamente avaliava a sua humildade, magro e curvado ante a obrigação de cumprir um horário. O menino precisava ser ordinário para não se afundar num mundo de pena. À sua frente o homem despojava-se, tal o seu poder de se concentrar e se escravizar. Enquanto imaginava-o nu e imensamente cabeludo, o filho descobria-se miniatura daquele homem. Já seu corpo ameaçando alcançá-lo e como ele realizar as tarefas que regularizam os instrumentos do corpo e liberam a necessária indisciplina da carne. Talvez o seu embaraço de imaginá-lo despido se devesse ao fato de que a sua nudez também envolvia a mãe que conhecia as suas excelências com a sabedoria que o longo convívio com um corpo amadurece. Porque ambos impregnados por um intenso suor comum ultrapassaram uma margem de realidade, alcançando um domínio que só a eles pertencia, onde nem o arrebato da morte de um deles libertava o outro, sempre restando aquela presença funesta que é o cheiro da vida que nos foi simplesmente poupada. Porque foram sempre simples, pai e mãe deixaram-se envolver pela intensidade degradante e perfeita de uma vida em comum e já não mais podiam exibir seus corpos a quem quer que os contemplasse sem arrastar a imagem resguardada do outro.

Ria cínico o menino, criando pequenos abismos. Vendo seus corpos amadurecidos pela nudez, haveria de rir na cara deles, mais como prova de confiança: olhem, eu rio para que vocês não se envergonhem. Mas nem adiantaria, se após certo uso do corpo, apanha-se a vergonha como a erva grudada ao muro, mais prende-se aos obstáculos desenvolvendo o seu vigor, na insuportável agitação de um crescimento.

Finalmente o pai respondeu:

— Uns voltam cansados, outros não. Depende do que se faz no trabalho.

— Do que se faz ou do que se é obrigado a fazer?

O pai quis levantar-se e jogar na cara abusada do filho uma bofetada, como prova de amor. Mas aquele rosto de menino, que uma certa virilidade ameaçava, viria a ser o conforto da sua velhice, e naquele instante quis poupá-lo como sempre lutara preservando-o para tempos imemoriais.

— Vamos, coma mais chocolate.

— Você não vai querer que eu passe a vida comendo chocolate.

O homem retirou o paletó colocando-o cuidadoso na cadeira, após hesitar. O quarto tornara-se o recanto da casa onde se admitia visitas, porque só agora recebia cuidados e zelos especiais. Assoou o nariz. O menino quase disse, então você é como criança com nariz cheio de porcaria. Controlou a sua petulância. Secretamente teve medo, sempre haveria o triunfo da bofetada solene. O pai sentiu-se melhor, livre a respiração, o obstáculo de mucosas que impedira o fluir completo.

Quando nem a passividade do pai impedia a luta, jogou-lhe a verdade, o estranho prazer de esmiuçar as suas defesas:

— Como é, pai, eu ainda estou doente?

Nervoso o homem esfregava a própria testa como se tivesse febre, assumira a sua doença como julgava possuir aquele filho crescendo inesperado, furioso arrasando as marcas que separam as possessões incômodas. Ao mesmo tempo, calculava o dinheiro com a preciosidade que a rotina do acumular diário obrigava, para as despesas finais. Até dominar o perigo da confissão.

— Ora, filho, você está bem melhor.

De repente o menino atirou na cara do pai o reverso da medalha, a cunhagem tão perfeita quanto a anterior, a mesma intensidade do traço, a mesma dificuldade em selecionar a prata, que é o seu revestimento:

— Você gosta de mim?

O pai aproximou-se, a respiração intensa e rara, pousou delicado os lábios na testa febril, a mesma intensidade severa com que uma boca trabalha uma outra ampliando-se. Ultrapassando a primeira dificuldade, os lábios acomodaram-se como se testa fosse uma margem pacífica. Não o beijava, sorvia da pele a sua doença. Pressentindo ambos o embaraço que haveria de fustigá-los após o desmoronar da intimidade. O menino temia a sobrevivência após a liberdade do carinho, por saber-se brevemente um homem que nunca mais beijaria o pai, que o acariciava receando não a irradiação da doença, mas a realidade que magoaria o filho sempre que cruelmente apresentada. No rosto do menino os exercícios violentos de rua impuseram uma aparência de pedra, porque só a aparência de pedra é o obstáculo calculado do mundo em que se habita. Esta rudeza que não podia avaliar a intensa experiência do pai, exaurido por luta e pela obrigação de se acomodar em ônibus cheios. Meu Deus, o que é que meu pai e eu faremos disto, depois disto o que é que duas pessoas fazem para serem inimigos vivendo na mesma casa, comendo do mesmo prato fabricado pela mesma força comum. Logo que imprecisamente intuíra esta verdade, um fluxo selvagem inundando suas pernas introduziu-se no reino dos homens, garboso e solitário. A tenuidade do buço no rosto quase viril escondendo artimanhas, embora desprotegido e pouco sábio para se defender, e ainda o violentasse aquela morte quente.

Precisava poupar aquele homem de uma humilhação futura. Como se o pai tivesse se tornado velho porque seu filho ainda doente tornou-se um homem disposto, não à contemplação, mas à luta de morrer um dia dispensando paz e graciosidade, após procriar filhos em alguma mulher que escolhera passageiro.

Um sentimento de amor por aquele homem que trabalhava selvagem porque fizera um filho num momento de distração, quando a carne é simplesmente dominante, e não se aguarda multiplicação, aquela facilidade de procriar filho confundindo quem não é esperto bastante para perceber a artimanha do mundo – oprimia-o pela primeira vez –, pois era o sentimento do seu presumível nascimento. Meu Deus, eu gosto do meu pai, então esta é a desordem das coisas?

Assumindo palavras e proporções, pensou o menino que quando da grande transformação – como o casulo se arrebata para o mistério na noite em que se organiza para nascer diferente – precisava apoiar-se numa doença que a antecipa, ainda vestido de menino, onde se abriga, para não ferir com a arrogância de sua carne nova mas intensamente viril aqueles que já como homens dominam a aprendizagem das roupas mais folgadas.

– Pai, não adianta discutir comigo. Já sei que o médico não quer. Me dá chocolate.

Ele que aguardava não somente o aviso para se salvar, mas o pretexto que o libertaria daquela testa onde se instalara como o gato ante o perigo do abismo agarra-se ao telhado até o império da noite, que é o prodígio da sua agilidade, apanhou outra barra de chocolate, sem hesitar, como quem se livra de um absurdo.

– Toma – e foi-se do quarto.

Só uma emoção miúda despertava-o, o menino jogou de lado o chocolate, dispensando o poder do mundo. Não era mais o comer que lhe bastava, mas o amor que existia nas coisas.

Fronteira natural

Ele partiu para o inferno ao meio-dia. Um trajeto familiar, toda a aldeia o conhecia. Fora sempre a fronteira natural. Nenhum guardião detinha os caprichosos. Ao contrário, o perfume que dali emanava era harmonioso. Alegavam desfastio ou curiosidade simples, os que decidiram afinal visitá-lo. Embora quantos desistissem entre convulsões e fugas.

Sobre esta travessia, o episódio mais disputado daquelas regiões, aconselhavam prudência. Os que pretendiam ultrapassar seus limites, quem sabe submissos ao dever de inquirir outras paragens, bem compreendiam o que os aguardava.

A maioria lá ficou para sempre. Talvez perdidos na morte, pois tudo a anunciava. Pois que outra motivação teria aquele reino estranho, se duvidavam que ali existisse sequer uma vida arrebatada.

Mas os que conseguiram regressar viviam sob suspeição, estrangeiros agora na terra em que aprenderam a destreza das armas, e a investigação apaixonada do sol. Iam-lhes arrancando a roupa até a nudez, buscando a degeneração natural após aquele convívio intenso. Nenhuma desordem física porém assegurava aos egressos a experiência que haviam conhecido. Como se houvesse a forma do homem se aperfeiçoado de tal modo, já no seu último estágio evolutivo, que nem o inferno pudesse alterar o desenho traçado há milênios. Portanto, a idéia de um inferno disposto a criar raça própria foi banida com o retorno de alguns daqueles aventureiros.

Aqueles corpos impunes despertavam nos inquisidores a suspeita de que também eles, que não haviam visitado o inferno, eram cúmplices do absurdo. Puseram-se então ao encalço de alguma deformação eventual, uma vez que a expressão daquelas criaturas não correspondia ao que se aguardava de um homem. Trabalho longo e ingrato, o que se propunham. Especialmente porque os egressos emitiam sons de uma língua longínqua, terciária, sem dúvida o esboço de uma linguagem buscando expressão. E nada indicava que houvessem todos eles freqüentado os mesmos jardins, aspirado as mesmas flores. Pois cada qual se exprimia num som distinto, jamais adotado por todos, embora de linguagem estes habitantes da aldeia conhecessem muito pouco.

Mas se atreviam a opinar sobre tudo, daí castrarem os animais com ciência, alterarem o sistema de certos rios.

Além de falarem eles aquela linguagem estranha, apoiada sobre matéria sonora independente e de rigorosa economia verbal, prendiam-se seus olhares a pontos obscuros, cujos roteiros jamais se conseguiu reconstituir de novo. Também não reconheciam os companheiros que diferentes deles permaneceram na terra. Haviam perdido a razão, concluíram os da aldeia. Ao menos o juízo que eles tinham das coisas diferia em tudo ao que apresentavam antes da partida. Viviam sim mergulhados no esquecimento, nenhum gesto imitava de algum modo a vida que uma vez tiveram quando habitantes da terra. Esquecidos da comunidade e nostálgicos de um mundo seguramente mais rico.

Certo é que os da aldeia, apoiados numa vida perplexa que nunca se administrou perfeita, jamais chegaram a interpretar aquela espécie de espanto enaltecendo os viajantes das longas peregrinações.

Ele, porém, manifestou vontade de partir quando atingiu os vinte anos. Era belo e que esplêndida pureza. O mais amado da aldeia. Seu corpo inspirava a planície dos lençóis maculados e o regime coral dos templos. Pediu perdão aos inimigos e paciência aos amigos arregimentados até então. Assim como se devotara a uma vida escassa, consagrou-se às despedidas. A aventura ultrapassava a sua dosagem de herói. Mais que desvendar terras, buscava a consciência no casulo, os meandros iniciais. Tornara-se o inferno sua mais intensa vinculação com a terra. Porém a vereda mais afastada. Sua vocação presumível.

A mãe rasgou as vestes, um pranto móvel às vésperas da partida. Sem dizer palavra o pai pelo braço obrigou-o a percorrer no áspero dia de sol os caminhos da aldeia. Todos enfeitados com seus loucos. Pois nenhuma casa deixou de ostentar seu tesouro. Exibiam seus egressos nas varandas construídas especialmente para recebê-los, onde ali permaneciam até o anoitecer. Quando os recolhiam para dentro, por algum tempo faziam desaparecer aqueles olhares obstinados, e os ruídos de uma língua apagada.

Ele se deixou arrastar. A tudo observava com um olhar talvez o último, uma outra maneira de ver ainda o atingiria e ele lutava por esta conversão. Enfeitando as varandas, aquelas criaturas agitavam as mãos como se agarrassem patas de aranhas inquietas, talvez miúdos insetos alados, trazendo-os para a proximidade da pele. Um certo olhar invadindo a paisagem. Iluminados, imprecisos. Intensidade a que a aldeia obrigava-se a aceitar, pois não podia matá-los, todos temiam aquela raça consagrada à divindade. Ia ele organizando a advertência do pai. O desfile, pensou ele, era imperial, não fosse a aldeia tão simples.

Cuidou no dia de levar pão e a garrafa de vinho. Seus últimos caprichos. E, assinalando o relógio da igreja doze badaladas, nenhuma outra indicação o norteou. Simplesmente soube, incomunicável. Olhou os mais antigos da aldeia, talvez lhes assegurando um retorno inédito, confiassem no seu evangelho. Embora viesse a dialogar com a estranha massa de sons que os egressos importavam demonstrando a riqueza lingüística do inferno, seu verbo haveria de se fazer campesino para a aldeia. Gentilmente submisso às leis da hereditariedade.

Ainda que todos compreendessem aquela urgência, lamentavam em conjunto a insolvência mental de um homem de vinte anos. Um sacrifício a pretexto da claridade. Contudo, a aldeia o acompanhou, na esperança de o ver desistir. Não se via seu rosto ao longo da travessia. E à entrada do inferno não se deteve. Garboso e solitário cruzou o portão como se montasse animal de raça, exibição oportuna na hora.

Após a partida, não se falou em outra coisa. Sempre fora assim. Discutia-se à exaustão cada homem extraviado. Mais do que a perda, molestava-os as razões que os levavam ao destino estranho. Sobretudo atraía-os a ignorância que tinham do mundo, uma possessão incômoda. Naqueles dias suspendiam o trabalho, passavam a viver das reservas de algumas colheitas felizes. Continuamente auscultavam o relógio, a imagem que faziam do tempo era de uma exatidão ácida. E ainda cultivavam deuses antigos. Pelo que lhes contemplara o inferno com aquela vizinhança. Haviam todos surgido de raça amadurecida no cultivo de pedras e folhas. Não sofrendo as pedras o reparo de qualquer mão, ou instrumento. Mesmo bruta, respeitavam a forma original. No entanto, as folhas deviam originar-se de árvores com idade nunca inferior a cem anos.

Sempre houvera um limite de permanência para os que afinal regressavam. Cujo prazo uma vez esgotado tinha-se como perdido o viajante. Ainda que ignorassem em que medida a passagem por tal hemisfério dependia de uma apreciação distraída, ou uma proibição expressa. Razão da insistência junto aos egressos, de vida tão rara que no rosto ficara-lhes a agonia, para que lhes ditassem as regras do território vizinho, a cuja proximidade não deixavam de sentir um abrasamento.

Mas fracassavam diante daquelas categorias de sons que deviam abrigar idéias sugestivas, quem sabe tão avançadas a ponto de superarem as necessidades mentais daquele momento, exibindo mesmo um raciocínio que só em milênios a aldeia haveria de conquistar. Como se apenas o modo idiota daqueles rostos servisse para amparar descobertas tão poderosas. Só os dedos em movimento, submissos a um código rígido, sem documentação, de escrita própria, testemunhavam origem humana, vinculação a uma raça que nem a passagem pelo inferno conseguira destruir.

Imaginavam que ele estivesse perdendo diariamente a ingenuidade brilhante dos vinte anos. A distância, acompanhavam aquele corpo sofrendo talvez o dilaceramento da carne, o rosto inocente prestes a decifrar verdades cruéis. Pois ali ingressara como rei. Pretendendo suas próprias regras. Mas com a extinção dos anos foram compreendendo que o haviam perdido para sempre.

A mãe pôs-se de luto. Não lhe restava mesmo o consolo a que se procurou acostumar desde muito tempo de o colocar todas as tardes na varanda que haviam terminado de erigir. E já não interrogava os egressos na tentativa de decifrar a língua usada como se jamais houvessem conhecido uma outra. Parecia-lhe que a viagem do filho destinava-se a esgotar todos os recursos.

Ainda que não oficializassem aquela morte, compreenderam que a suposta paz entre o inferno e a terra, à custa do sacrifício dos seus melhores homens, ingressava agora numa etapa beligerante. Antes aquele povo divertia-se dentro de pequenos barcos, mal desenhados, quando enfrentavam os mares. E, como se não bastasse, acumularam a experiência de algumas batalhas. Nenhuma emoção foi descuidada. Agiram como imortais.

Agora, vigiados pela tentação e o exagerado espírito de aventura, passavam a ter medo. Como se garras de animais de espécie sem registro nos anais envolvessem em asfixia suas gargantas. Ou um cogumelo de fumaça ingressasse nos pulmões já ocupados pelo excesso da água. Passara o medo a ser a consciência mais vizinha da vida. Recordavam então os belos dias, quando o inferno vivia longe e não se partia em sua descoberta. Aquela vizinhança de agora os feria. Convidava-os a uma visita urgente. Rezavam nestes momentos palavras mais dirigidas ao inferno do que a seus deuses de pedra e folha. Tornou-se difícil suportar aquela verdade instalada no fundo do corredor daquela montanha maior.

Até que numa severa manhã de sol ele saiu do inferno pela porta por onde entrara. Limpo, mesmo galante. Seguramente mais belo. Disposto a um amor de sufocação diferente. Não cumprimentou ninguém durante o seu trajeto. Ainda que a notícia corresse e todos o contemplassem. Parecia ele dominar um poder que o impedia de esbarrar nas coisas do mundo, mesmo sem as observar. Poupava flores e insetos de esplêndidos adornos. Como se tivesse olhos nos pés e a facilidade intemporal dos pássaros. Não se lhe viam no entanto as asas. Esta obrigação o longo convívio no inferno não lhe impôs. Sua única certeza restringia-se ao roteiro quase religioso.

Ante a nova aliança daqueles territórios soberanos, o povo manifestou-se aos gritos. O espírito de mortalha presidindo o júbilo. Pois seu regresso não afastava a hipótese de também ele, como os outros, ter sido atingido. Adotando aquele dialeto que os privaria do seu convívio. Dispunham-se porém a perdoá-lo e a sua linguagem fronteiriça, pela alegria de quem comemora uma vida perdida. A esperança ia-lhes ensinando novos comportamentos.

Os pais e os irmãos choravam, afinal restaurava-se à sua frente o filho que se pensou perdido nas trevas do inferno para o qual partira anos atrás, ao meio-dia exatamente, quando a todos anunciara sua gloriosa inocência. Porém ainda se ignorava se a ilimitada ligação com o inferno extraíra-lhe virtudes básicas, ou alterara-lhe algum órgão rei. Procedia igual aos que jamais deixaram a terra. Todos da mesma tribo, a ponto de quase o considerarem orgulho de uma raça devotada à caça, pela sua nobreza.

E, retornando ele sem prestar contas à coletividade, e não lhes criticando mesmo a lerdeza de seus pensamentos afinal expostos ao sol, o aclamavam como se transportasse ouro e prata. Em verdade, não havia adulterações em seu corpo. Talvez em seu olhar um certo desdém pela paisagem, ele que abandonara a região de clareza insuportável. E seus movimentos refletiam a inquietação de quem se adaptava à justiça das plantas. O jeito livre de pisar, a delicada superioridade de tocar sem ferir os caminhos. Jamais dependendo da concreção das coisas para ser novamente admitido entre os homens. No entanto, olhava plantas e pássaros e parecia consagrá-los, no estranho processo de estabelecer a desarmonia. Suas mãos habitando o espaço a tudo apunhalavam, em seguida o movimento acomodado infundia ânimo novo a todas as coisas. Como se o tivessem habituado a recuperar membros danificados para sempre, ou faculdades perdidas por algum espanto humano.

Aquelas novidades que o homem introduzia começavam a inquietá-los. Seu modo de olhar para a frente, seu espírito de limpeza diante de uma natureza a que todos se incorporavam e não pretendiam ver reformada. Aquele homem jamais se submeteria ao ritual da varanda construída para a sua volta. A alegria dele era despertar a luz rara, rindo à criação de um mundo que sua devoção fazia existir. Os animais se tranqüilizavam ao seu lado e abandonando o bosque os corvos em exaltação amorosa o seguiam. Alcançara ele o desembaraço de quem conviveu em excesso com o milagre e, menos que sua virulência, nada mais devia aceitar.

Ignorava pai, mãe, as reuniões dos mortais. Senhor do arado e das sementes, ia consumindo sua cota diária de milagre. O assombro alastrou-se pela aldeia. Seguiam suas pegadas, não o abandonavam um único instante. Os objetos que ele deixava tombar distraído, após os consagrar, eram levados para as casas, sobre as mesas confundidos com o pão. E os analisavam procurando sua contrafação.

Entre eles se perguntavam se seriam igualmente capazes de restaurar a natureza, o mundo seminal, uma vez que os habitavam descuidados e participavam daquele destino. Ou ainda se existiria uma natureza clandestina a que não podiam se agregar pela própria condição de mortais e habitarem a terra. Mas lhes parecia que, se a terra não se havia feito para as suas criaturas, por que admitiu que tais monstros a habitassem. E, não sendo eles capazes de apreciar a terra ao longo da única convivência de que dispunham, que outras vidas deveriam eles lutar para possuir e que lhes permitissem integrar-se afinal a um espetáculo do qual até então estiveram excluídos.

Suas hesitações confundiam-se entre mel e frutas. E, ainda que exigissem do homem qualquer fala, diferente dos outros egressos ele vivia no silêncio. Desprezava signos, som e a linguagem alheia. Seu comportamento aprofundava o medo, dedicando-se a aldeia a sondar a própria fatalidade. E, ainda que reconhecessem aquele homem por certo distante da terra, não queriam senão segui-lo. Sentiam-se um emaranhado de vísceras obrigados a um sexo que escolhiam praticar nas horas amargas e terminava sempre em choro. Nem a área mais desprendida do corpo os salvava. E entre eles não alcançavam a comunicação. Odiar era mais fácil, o sentimento disfarçado entre penosas alianças.

Chovia quando afinal se reuniram na única praça da aldeia. Ninguém defendeu uma terra considerada perdida. Importante era largar suas casas, os mortos venerandos, aquelas despensas fartas. Não se despediram nem dos egressos. Arrastavam apenas o sangue que se agitara a ponto de exigirem agora realeza.

Puseram-se em marcha. A aldeia toda. Conheciam o caminho, suas pedras pisavam com respeito. Ao longo do percurso companheiros mais honrados os precederam. Só pararam à entrada do reino, que lhes pareceu solene, embora uma grande porta os detivesse. Como touros no prodígio da força ainda a forçaram no intuito de derrubá-la. Mas não a abalaram sequer.

E ninguém ali presente para explicar-lhes por que deveriam desistir do inferno, agora que toda aquela raça decidira nele instalar-se para sempre. Apenas descobriram uma pequena inscrição na porta, cujo texto leram minuciosos. Não havia muito a concluir depois. Comunicava-se simplesmente a transferência de local. E nada se dizia sobre seu novo destino.

A sagrada família

Um rosto martirizado, falta de elegância no andar. Dia e noite, a repetição do relógio. Alguns a imaginavam assassinada pela madrugada. Ela não se rendia. Sempre se soube única de uma gloriosa casa. Condição que assimilou desde menina. No colégio surgiu-lhe o arrebato e a expulsaram, a novilha no prado. Após o casamento, rejeitou o homem, que nunca mais ele pisasse aquelas terras. Sobre o amor, sentimento breve, resguardava-se: é para muito mais tarde, justificando ela dizia.

Vinham entorpecendo-lhe as juntas nos últimos meses. Lecionava música a meninos e garotas. E, no entanto, era jovem ainda. Mas o envelhecimento na família iniciava-se pela paralisia dos membros inferiores, sem se explicar o fenômeno, a vocação para a imobilidade. Por pretender a leveza, como folha involuntária ao vento, alimentava-se de café com leite, frutas, queijo, torradas.

O primo ameaçou-a por questões de inventário. Ela se redimia negando-lhe atenção.

Também sua mãe agira do mesmo modo, quando o pai do primo a visitara, embora suas propostas fossem então diferentes. O homem sentou-se ao lado do piano. Os bibelôs tremulavam, ela tocando, ele os afastou para que não se quebrassem. A mulher sorriu agradecida. Mas a luta, isto era áspero. Até o dispensar e suas últimas palavras alcançaram o nível da guerra:

– A decisão de Deus nem sempre é a mesma do homem. Você resolve matando, ou pela justiça.

Os amigos iam-se afastando quando a souberam em luta com o primo. Assim os alunos. Viu-se no estado de simular lições de piano o dia inteiro, para que a vizinhança não suspeitasse de sua solidão. E seu orgulho triunfasse. O trato com ela própria a exauria. Sempre buscando outros meios de acertar, mas terminava no piano, claudicando entre as teclas. Passou a compreender as razões do pai ter abandonado a mãe. Vida junta terminava em amargura, consolidação de estimas erradas.

Adotou uniforme para enfrentar o primo. E os cabelos curtos, menores que de homem. Devagar foi-se desfazendo da suavidade que o instrumento de som lhe assegurava, ela não mais existia. Fazia-se dura, os gestos vagos, súbito golpeava portas, janelas, os vidros quebravam-se. Não enlouquecia, mas o animal do seu corpo não permitia consolação.

— Admita que a morte é necessária — o primo enviou a mensagem confidente. Ela cheirou o papel, o macho que a alcançava ainda estando ausente. Rasgou o bilhete, juntou os cacos e fez questão de sepultá-los no jardim. Para que se transmitisse ao primo de algum modo a força do seu desprezo. Fingiu esquecer a terra, quando justamente da área escavada surgiram inesperadas margaridas.

Ele veio de arma na mão, disse-lhe:

— Case-se comigo ainda que o marido esteja vivo em qualquer desterro deste solo.

Pedido prontamente atendido sob a condição de permanecerem inimigos ainda habitando a mesma casa. Viria ele assim afinal ocupar a casa velha onde nascera. Não podendo ela duvidar do amor do homem pela propriedade em estertor.

O padre e a comunidade condenaram a união. E no primeiro domingo, ao freqüentarem a igreja, aceitaram a violência do sermão que os incluía. O homem não articulava ruídos, tudo fazia para que ela o esquecesse quando se encontravam no corredor, ou mesmo na sala de jantar, ao começar a escurecer.

Plantando frutas, ou enfrentando a aspereza do mercado, a vizinhança murmurava:
– Acaso tais criaturas chegarão a procriar filhos?

Respondendo, a mulher consentiu que ele a possuísse num raro intervalo, precisamente três meses após a união. Os corpos antes em esquecimento tremeram, as juntas familiares rangendo na imitação dos ancestrais, mas uma identificação perfeita. Seu dorso é de serpente, comentário do homem, para ela aceitar a compreensão que ele colocava nas coisas. A mulher desvendou as janelas da casa, preciso de ar, explicou mais tarde. E quando se descobriu grávida, como se não partilhasse a fecundação com ele, mas com o vento que sempre transitou pela casa, enviou-lhe bilhete: perdemos a casa a um só tempo, não é mais sua nem minha.

O primo respondeu explicações eu quero, para a comunidade e meu coração. E, quando a barriga veio até as montanhas da cidade e não se duvidava mais, o primo compreendeu a casa então é do herdeiro. Via o inimigo crescer cada dia. Inimigo dos dois. Compreenderam eles que se deviam aliar, quem nascesse havia de disputar a casa. Aquele torneio em torno das posses instalara-se na família há séculos. Iam todos crescendo aprendendo que precisavam lutar, pois o sangue derramado desfrutava da circulação, as armas sim se modernizavam. O primo expressou o desejo de aprender esgrima, fixara-se nos limites aristocráticos. Ponderou-lhe a mulher que, por terem herdado as juntas emperradas, sobretudo nas extremidades, desistisse ele de pleitear a mobilidade.

Apesar das advertências, o homem exercitava-se contra árvores, galhos delicados. Até que, nascendo a criança, chamado ele veio assistir ao parto. Porém cerrou os olhos dizendo: o inimigo nasce, mas faço questão de não conhecê-lo.

Durante o resguardo, a mulher desesperava-se no piano. Amamentava como se lhe fosse estranha a criança. Tinha-lhe um amor perdido, reconhecia o sentimento condenado. Quando ele um dia partir, já o terei perdido desde o nascimento, cismava ela diariamente para explicar a própria isenção. Mãe não se é mais do que uma única vez, e conclamava o homem a olhar o filho que ela parira com sua breve colaboração.

Ele se esforçava em obedecer, ao menos uma vez conhecer o talento da sua rara carne. Devagar ia aprontando os braços, para tornar menos sofrido o olhar, também buscando vencer as articulações comuns à família, toda ela dotada de extremidades difíceis a que se devia a vocação para a raiva. Ia, sim, a energia do sangue ancestral apertando-lhe o coração, para que o inquietasse o grito saído da boca, que passava a ser o fluxo do seu hemisfério, grato e comovido. E afinal ele se soubesse condenado pelo filho e a mulher, a casa que lhes era roubada com a chegada do herdeiro, e ele não conseguiu olhar.

A cada dia reduzia-se a luta deles à casa. A mulher querendo empurrar-lhe a criança que ele jamais enxergara. Ia então à igreja, fingindo existir harmonia em sua casa. E unicamente pelos ruídos dos objetos se quebrando, os alimentos que sumiam na despensa, e que o forçavam a buscar frutas, legumes em toda parte, espremer a serventia dos animais, adivinhar a fartura da natureza, foi imaginando o crescimento do filho e sua poderosa voracidade.

Razão do primo usufruir a casa com um ódio mortal. Sentia-se reduzido a cinzas, habitante de região ártica. A mulher o apoiava quando em estado de transparência transmitia-lhe suas aflições. Ela porém iludia-se de que a luta jamais conheceria um termo, eram todos fidalgos inimigos. O filho para defender a honra da casa buscaria em algum lugar tecer armas com as primas, um combate primoroso, no empenho de se fazer homem. O homem repetia: morro enlouquecido, mas o filho me terá inimigo.

A mulher apreciava o filho manchando as paredes, suas exigências excediam aos limites da casa, embora não a quisesse deixar.

– Habite outras terras – disse-lhe a mulher aos quinze anos. O pai ouviu de acordo, assegurando ao filho, sempre que se aproxime faça barulho, para que jamais eu o veja. Seu martírio era de repente conhecer o filho, descobrir-lhe o rosto. O filho só dizia: aqui eu fico, para que me suportem até a eternidade.

Armas o pai organizou em casa. Arsenal de flores, ele se condenou por não se sentir à altura do prestígio do filho. Pretendendo enganar a comunidade, a mulher tocava o piano, o instrumento de Deus, ela o intitulou, e não quero perdão, acrescentou para que a ouvissem. Quando o pai e o filho se defrontavam, ainda que um deles apenas tivesse o direito de olhar, ela elevava a música a culminâncias, exigia ambos protegidos pelo poder do mistério.

Mistério derramo pela casa, e ela fazia

bolos, café. Percorria a casa limpando os destroços. O primo passara a quebrar objetos milenares, herdados da vida tribal, contra as paredes. Pontaria ele não se podia permitir, embora os vigorosos treinos. Contudo, por tanto praticar, e apesar da concentração de ódio que reduzia suas mãos ao tremor, começou a acertar naqueles pontos obscuros traçados nas paredes e contra os quais projetava sua invocação amargurada.

A mulher vinha e olhava, tanta censura em seus olhos que o primo perguntava se não teria sido mais fácil dormir algumas vezes com a mulher do que suportar sua visão ensandecida, Elias sobre o povo de Israel em seu carro de fogo, milagre eu vos prometo, vim não para ficar, morrer já morri, trago de volta apenas minha memória imortal. Teriam sido mais dignos e entre eles existiria uma rede carregada de peixes, imitando a abundância, e não o pus que ela tragava e ele também, por isto olhando ao espelho eles se viam amarelos.

Aos vinte anos o filho ordenou seja como for todas as chaves ficarão em meu poder. Ela entregou, não para agradar ao inimigo, mas lhe pareceu melhor lutar deste modo. Ele teria as chaves, em troca tudo faria para que as perdesse. E mais facilmente desistiu do poder quando surpreendeu o primo, entre sombras na horta da casa, distraído em não enxergar o filho. Horas depois, exigindo ele as chaves, ela tocou o piano.

Ele desafiou Deus, escravo você me fez, mas há de me pagar. Jogou ao chão seus objetos preferidos, e, não podendo ferir a mulher, há muito prometeram-se nos mataremos sem que a própria morte nos surpreenda, com isto querendo eles um chão limpo, sem o dever de enterrar os cadáveres – furou com o canivete alguns dos seus quadros. Os de cor forte ele perseguiu até a destruição.

O filho soube que o patrimônio fora danificado. Gritou, além da chave, senhor pois sou do céu, exijo que cuidem melhor do que é meu. O pai passou a organizar exércitos de xícaras, pires e os destroçava contra a parede, revivendo os movimentos a que vinha se dedicando nos últimos anos, embora mal disfarçasse a indecisão que lhe invadira a alma quanto aos resultados oriundos deste jogo.

O filho, ele sabia, tinha-o às suas costas. A mulher apreciava o filho aniquilando o pai, quem sabe ordenando-lhe a morte. E como assassinar o pai, ele parecia perguntar à mãe. Ela no entanto não lhe dizia que vingança todos daquela casa exigiam para sobreviver. Mas, lendo na mulher seus mandamentos, o filho deitou-se sobre a mesa, imitava os outros objetos a se destroçarem.

Como um possesso o pai continuava a atirar o material bélico contra a parede. Não selecionava, na certeza de os ter todos à mão. Eles iam-se escasseando, mas sua força não se esmorecia. Antes pronunciava coisas altivas, querendo inventar outros aparatos. Até tocar de repente em um pulso, a que se agarrou como se fosse matriz, e a certeza do calor o surpreendeu. Não sabia de que carne se tratava, tartaruga, lesma, ou caracol. Procurou descobrir sobre a mesa de que classe era aquele pires. E surpreendeu os olhos que nunca vira, o jeito de touro que ele e a mulher haviam inventado. Um rosto que compôs com desagrado. Ele agora existia, pela primeira vez enxergou o filho, o território do medo de que procurou se ausentar quase vinte anos.

O filho encolhia-se fingindo pires, ou mesmo uma xícara. Jogava-lhe na cara o riso e a certeza da sua vida. Vamos, descreva agora a minha cara, ele parecia gritar. O pai então, aceitando que o filho fosse o pires que ambos pretendiam, tudo fez para erguê-lo da mesa e o atirar contra a parede, ou mesmo ao chão, como um objeto de cuja forma ele se vestia. Durante algumas horas buscou quebrar aquela carne que ele e a mulher haviam construído pela disputa da casa. E o filho resistiu, resistia mais do que um pires comum.

Os mistérios de Eleusis

Eleusis tinha o hábito de morrer. Assumia diariamente novas formas. Um espetáculo a que eu ia me acostumando. Sem jamais saber se ela era o gato de plumas leves, vapor de ácido, que me contemplava. Ou havia se transformado em água de um rio em tormenta, para deste modo viver um estado difícil.

Sempre lhe perguntei se não seria esta dor exagerada. Ela se esfregava na grama, até eu a perder de vista. Já de volta o seu sorriso cancelava palavras. Mas eu me comprazia olhando em torno. Havia a certeza de Eleusis ocupar todas as coisas. Porém, arrancando uma pêra cujos delicados contornos recordavam os seios de Eleusis, eu surpreendia o protesto aflito da fruta. Procurava então investigar se involuntariamente havia mutilado Eleusis. Afligia-me que tardasse seu regresso às estruturas humanas. Cedia-lhe todo o meu tempo, até verificar que desta vez não havia ela visitado a fruta, e eu a poupara.

Não era fácil tocar nos objetos sem esquecer que de algum modo eu poderia feri-la.

Às vezes, eu pensava se teria ela inventado estes jogos para me perturbar, ou simplesmente obedecera às suas virtudes de camaleão. Jamais admitiu se, além de mim, a alguém mais ousara confessar estes encantos, seu jeito atrevido de assumir a natureza.

Eu estabelecera em seu corpo os pontos cardeais, as estações climáticas. E em minucioso exame procurava descobrir de que fenda do seu corpo havia saído o coelho que eu havia surpreendido com o mesmo olhar de Eleusis. Suspeitava que toda ela era mutável. Suas pernas, seu ventre de cristal, a carne inteira hábil convertendo-se em raiz para amparar simplesmente a idéia de abundância. Ela apreciava a sondagem em que o desejo havia evaporado, e me via livre na fantasia. Tocava comovida meus cabelos e os batizava: pêlo de andorinha. Um capricho revelando que ainda fugazmente havia ela um dia habitado aquela espécie. Mas eu me sabia de origem terrena, e ainda que a quisesse copiar não passaria de um corpo que o espelho confirmava escravo e de recursos modestos.

À noite Eleusis sofria transformações mais profundas. Nunca porém se recolhendo vestígios com que a localizar. Onde ela se esconderia, em que mineral se fizera. Como encontrar seu olhar de exaltada melancolia, que bem se compreendia por adotar ela sem querer formas repugnantes, quantas vezes permanecendo em tais estados por tempo indeterminado, mesmo correndo o risco de jamais regressar ao aspecto humano. Também sua rica natureza estava sujeita a equívocos. Teria um dia ferido animais miúdos, como se tivesse dentes longos, patas, reduzida ao poder da fera.

Eu a procurei sem falhar todas as noites jamais perdendo a esperança. Onde ela estivesse eu devia estar. Pisando o solo que Eleusis tornava mágico, por praticar magias. Para dar-lhe prazer, eu me fingia peixe, nadando apropriava-me do modo íntimo de quem possui guelras. Cuidando para que meu gesto não se confundisse com a aranha, não pretendia assustar Eleusis, ou despertar-lhe lembranças difíceis.

Eu me dizia não ser Eleusis a única entre os mortais a abandonar o corpo na promessa de uma outra forma, pois não a estava eu imitando? Seu poder eu perdoava por já não conseguir viver sem ela, aquela brincadeira de desaparecer eu gritando Eleusis. Embora voltasse sempre trouxe um olhar diferente. Não brinque, Eleusis, um dia ainda eu a proibirei de brincar.

Eleusis resolveu partir. Conservar-se em retiro por três dias nas montanhas. Preparou queijo de cabra, nossa obsessão. E que outro alimento viera de tão longe, vencendo a antigüidade, arrastando sua sabedoria de pedra. Ainda pão, cebola e o vinho daquelas uvas que Eleusis e eu havíamos amassado até manchar nossos rostos. Então eu a limpara com a língua em golpes ásperos, sem a ferir ou transmitir doença. Não se esqueceu da manta, que a teceu por uma semana imitando Penélope, sem admitir o gesto escravo da outra, abdicar da sua liberdade. Talvez ela soubesse que, se eu não vencia o mar Egeu, competia-lhe o domínio destas águas.

Não se esqueça jamais, nossas armas são idênticas, ela me dissera há muito tempo. E se foi sem despedida. Nem lhe pude perguntar você vai ampliar o seu poder, ou submeter-se às tentações? Quando quis segui-la ela disse: se me segue, não regresso nem sob a forma de vento.

Desde então me fixava no padecimento da sua pele delicada, sua voracidade de abutre, seus recursos de terra. Ia eu me enfraquecendo sob o império daquela obstinação. Quando caiu o temporal pensei: ela bem merece. Esquecia seu milagre de incorporar-se à chuva ganhando força. Mas confiava que nestes dias se abstivesse de atos desta natureza. Se elegera a montanha, a solidão e o prazo de três dias, seguramente pretendera pela primeira vez assumir os riscos do corpo humano.

Sim, eu confiava que Eleusis sofresse, Eleusis resistisse à própria formosura, simplesmente submissa a uma imagem sem reflexos e que não se repetiria. Assim talvez perdesse o vício de ingressar na natureza alheia, para conformar-se com os limites do seu corpo, e a dor a amansasse.

Uma difícil cruzada, tudo podendo acontecer. Até Eleusis perder-se na paixão de ser o que não era, e esquecer a fórmula que habitualmente a conduzia ao seu estado anterior, e que eu conhecia. Nunca mais regressando, ou regressaria sob forma não-identificada, eu esbarrava nela sem a reconhecer, Eleusis com dificuldades de explicar a sua perdição.

Eles se arrastavam lentos, aqueles dias. Eu apenas deixava a casa para visitar o jardim. Dali se enxergava a montanha onde estaria Eleusis, quem sabe cravada nas pedras. As divindades outrora ali se reuniam. Eleusis as reverenciaria sem dúvida. Seu atrevimento não se comparava ao de ninguém. Nunca foi o que se conhece, eu a explicava. Do jardim, eu buscava afastar insetos, distância, conquistar visão de águia, para a ver dormindo, ah, sua fantasia sempre me alimentou.

Jamais tranquei a porta. E não por Eleusis, ela jamais interromperia suas cerimônias por mim. Mas quando o desespero me obrigava a olhar as montanhas, eu alcançava o jardim sem enfrentar obstáculos. Somente algumas horas após o terceiro dia, descobri Eleusis mastigando frutas sobre uma árvore. E não se equivocara de árvore, conhecia-as todas. Aquela sempre fora a sua eleita. Dizia que mesmo entre os minerais havia o mais amado, quanto aos vegetais os catalogava com uma estima oscilante. E, dentre as criaturas, qual a amada, perguntei-lhe com invencível aflição. Ela sorriu querendo expressar quem mais senão você. Rimos naquela tarde como só voltaríamos a rir quando me trouxe de presente, em vez da sacola em que vinha há muito trabalhando, um ovo longo, um ovo que eu jurava não ser de galinha, avestruz, pato, nenhum animal amigo o teria colecionado em suas vísceras.

Ela escandira: este é raro, o mais precioso, para isso venci todas as espécies, conheci defeitos, pujança, hesitações, como foi difícil trazer afinal da escuridão esta coisa santa. Foi ela então mexendo com o rosto do mesmo modo que eu fazia quando não podia entender o que era acima das minhas forças. E porque eu percebi que por breves instantes estivera ela roubando a minha voz, as minhas palavras, os meus pensamentos, a longa letargia através da qual eu venci a terra em busca de uma certa ordem, a ponto de mais um pouco ela exibir em seu corpo o meu corpo – começamos a rir, rir porque tivemos medo, rir porque não teríamos suportado levar às últimas conseqüências aquela alegria.

Pedi licença para subir à árvore. Ela logo desceu, dispensando meu socorro. Sentou-se devagar, parecia cansada, o que eu atribuía à viagem. De nós dois, ela era o herói, cabiam-me os despojos abandonados, pois eu vivia do seu momento histórico. Você constrói a minha história, confessei-lhe uma vez.

Nesta tarde eu confiei que Eleusis viesse a mim dizendo: como foi difícil, ou, milagre sem você perto para apreciar não tem graça. Percebi suas mãos trêmulas, em sucessivos movimentos alisava certas partes do corpo. Eu não sabia em que reino situá-la. Quem desaparece tanto tempo tem direito a regressar diferente, implantar por isto mesmo novos hábitos, vir uma outra pessoa. Eu corria todos os perigos, perder Eleusis sempre estivera no meu mapa, eu sabia desta verdade. Quando resolveu deitar-se, não se agitou como do seu costume. Não consentiu que eu a tocasse. Pela manhã, assumia uma docilidade jamais surpreendida nela. Durante dias agiu sem elasticidade. Não querendo deixar a casa, como se não a atraísse o mundo lá fora. Também não pediu que eu a deixasse para praticar na solidão seus atos de milagre. Eu sim a forçava, o que seria de Eleusis sem o transformar-se assíduo. Deixava a casa prometendo voltar bem mais tarde, não me aguardasse antes da noite.

Então eu a imaginava convertida em tudo que lhe acendesse a paixão, sem poder resistir à tentação de se provar, e sair forte. Seu amor pelos solos estranhos haveria de prevalecer. Mas ela não se aproveitava da minha ausência. Bastava olhar para ela. E por muito tempo viveu assim. Em nenhum momento pretendeu transferir-se para outra terra, ou mencionou a riqueza de outrora, ainda que eu a estimulasse. No entanto, agora que não deixava a casa, eu não a sentia minha. Só muito depois foi engordando. Comecei a imaginar que dentro dela alguma coisa alterava-lhe o corpo e já não dependia de sua vontade expulsar o que a habitava agora. Meu coração encolhia-se diante do novo mistério de Eleusis.

Cortejo do divino

Submetam a mulher à expiação. Ele dizia soluçando. A cela um pouco maior do que o corpo. Amarraram seus pulsos e lhe ensinaram que devia manter-se ajoelhado. Até que confessasse:

— Sim, é amor, e vocês não sabem.

Pela madrugada bebeu leite, imitando o gato. Fartou-se do líquido, parecendo mamar as tetas de todo animal submisso. Ainda não estou livre, pensou no último esforço. E quis a liberdade, cantar e dizer:

— Eu amei até que Deus fosse esquecido.

A imagem o exaltou. A volúpia de vencer a divindade pelo poder da carne. As paredes de pedras todas riscadas com gritos, prantos e arranhaduras de unhas e garfo. Durante o dia, ainda que o libertassem das cordas, não lhe consentiram exercícios. Buscando esticar o corpo, proibiam que ele pretendesse uma aparência de vitória. O seu espaço reduzido era castigo, diziam os olhares. Ele não se importou, mas falou-lhes:

-- Hei de amar até a naturalidade.

A audácia do homem, além do pranto, despertava o riso também. Mas não lhe arrancavam a história, que confesse ao menos, reclamavam os guardiães. Vez por outra aquelas palavras esparsas, que ninguém elucidava, mas que ainda haveriam de contaminar a terra.

Esforçavam-se em interpretar o texto do homem. Pelo desejo de atingir a verdade. Mas sempre que o seu grito furioso liberava a violência, e corria o perigo de confessar, provava-lhes pelo olhar, gesto, ou palavras mais perdidas ainda, que nele havia permanentemente surdas contradições. O alimento formava uma massa no estômago. Era seu grande pasto. Explicara-lhes numa manhã mais feliz.

O desespero do homem como que anunciava: estou livre do medo, pois que montanha firme me ousa receber? Ainda lhe perguntaram como procederia, no caso de trazerem a mulher.

– Com garras e dentes – sua profunda resposta.

Temeram tamanho desafio. Que quando se vissem os dois, exibisse o amor tais enunciados que nenhum outro homem da terra praticaria um dia os mesmos atos, sem conhecer desdita e repulsa pelo próprio sentimento. Aquele homem impedia que outros também amassem, fora a sentença condenatória do juiz. Daí compreender-se a cautela das autoridades diante da excentricidade merecendo punição.

No quinto dia, sua carne ainda regurgitava. Embora os pulsos quase sempre amarrados. Até seu olhar os insultar de tal modo, que o liberaram. E foi o delírio. O homem convertia a cela no paraíso. Adotando estranhas atitudes, após habitar o subsolo. Mas a exaltação daquela alegria também terminou comovendo os carcereiros. Quem podia ficar insensível à perda da razão? Ao apreciar do animal raro. Nunca se conheceu um outro homem assim. O primeiro talvez de toda a terra. A quem se devia punir.

A mulher, ainda que reagisse, compreendeu que nunca mais o veria, segundo as regras da cidade. Caminhava dia e noite, porque sua prisão, diferente da dele, era espaçosa, no antigo convento da cidade. No julgamento o juiz não ousara fixar-se na mulher. Explicando à comunidade que não conseguia evitar a repulsa que ela lhe causava. Aquela criatura que inventara um amor que os da terra não podiam seguir. Pelo que todos também o imitaram no desprezo. Pois o homem e a mulher lhes despertavam os sentimentos mais difíceis, bastando observá-los para conhecer a vergonha, aquela inseparável nostalgia dos que perderam o paraíso.

A denúncia havia surgido quando se descobriu aquela veemência. O fato do homem e da mulher terem adotado hábitos amorosos que contrariavam tudo que se inventara até então, ao menos esta era a suspeita geral. E não hesitaram eles em sorrir mesmo quando os prendiam, como obedecendo às suas regras imperiosas. Não lhes importava habitar a caverna, ou salões reais. E, sempre que lhes questionavam sobre suas razões secretas, emudeciam de tanto orgulho, o olhar firme dirigido à terra que lhes parecia reduzida, os demais seres em eclipse.

Evidências confirmavam que não haviam abandonado o quarto em que se estavam amando por um período acima de quatrocentos dias, sem suas peles perderem o colorido das maçãs. Uma única voz na cidade protestara contra a arbitrariedade: o que lhes importa o exagero, não é assim que se conhece o amor?

A cidade tinha-os levado em algemas. Diante dos inimigos, durante o julgamento, comportaram-se como animais que se odiavam, mas pela profunda alegria do reencontro. Já não viviam um sem o outro. A cidade considerava todo ato indecente, pela sua porção de mistério. Especialmente após descobrirem na casa objetos de origem desconhecida, perfumes raros, as paredes revestidas de peles de animais jamais registrados naquelas regiões.

– Então, além de amantes, também são bruxos?

Na prisão, começou o homem a emagrecer após o primeiro mês do desconsolo. E lhe pediam ainda: confesse, que amor é este, o que praticavam para que a cidade se ofenda, e todos sintam vergonha? O padre falou à mulher:

– Está certo o que você fez, ou simplesmente ofendeu o Senhor?

A mulher deitou-se ao chão, contemplava o teto, e disse:

– Ah, amor – e perdeu-se, indo tão longe, um delírio delicado, nada obsceno, que o padre fugiu e confessou mais tarde:

– Vivemos um grave perigo, que somos senão sombras.

Quando começaram a ameaçá-lo com a morte da mulher a menos que falasse, ele rasgou os olhos com o garfo e aquela massa vermelha causava apreensão. Nem a morte arrebata criatura assim, e fugiram pedindo ao mesmo padre que desde então cuidasse do homem e sua invencível cegueira. Eles tinham medo e em sua companhia só enxergavam penumbras. Relataram à mulher aquele gesto. Ela não fez censuras, um sorriso benigno inundou-lhe o rosto e confessou:

– Eu sabia do seu poder, mas não o imaginei tão invencível.

Cantou até o dia seguinte, como se comemorasse a cegueira do homem, o heroísmo inútil, dizia a população, há muito incapaz de fazer amor pelo remorso e precariedade que seus corpos registravam, e agora também condenada à escuridão. Pois lhes parecia o sol mais frágil, apenas uma luz pálida invadia as casas desde as primeiras horas do dia, como se a noite mal os tivesse abandonado.

E por pretenderem libertar-se daquele estranho poder, socorriam-se de todos os recursos, alguns por pura imitação passaram a viver dias seguidos dentro dos quartos, ainda que o tédio lhes invadisse a alma. Não se suportavam mutuamente, mas muitas vozes já se pronunciavam:

– Soltem a mulher, e o homem também.

E não que os movesse a piedade, pois já se passara um ano, mas por desejarem conhecê-los em regime de liberdade. O juiz aceitou que se procedesse segundo os clamores sempre mais fortes do povo.

No dia aprazado, ela veio do convento acompanhada de pequena multidão, ele arrastando-se pelas paredes foi abandonado no pátio da prisão. O povo apreciaria o encontro. Não haviam dito ao homem que, além de suportar a cegueira, a súbita liberdade, também reencontraria a mulher, confissão reservada para quando os vissem próximos, em mútuas efusões perdendo qualquer maravilha.

A mulher colocou-se ao lado do homem, e o observou como se fosse ele uma pedra. E, como se ainda contasse com os olhos, o homem dirigiu-se para onde ela estava, orientado talvez pelo cheiro, e pareciam estátuas de sal. Foram andando sem trocar palavras. Ela na frente fazendo ruídos com os sapatos, para que ele, que naqueles meses seguramente aguçara suas percepções, viesse atrás e a seguisse sem ela o socorrer.

O povo ressentia-se com o espetáculo da indiferença. Da dignidade, acrescentou o mesmo homem que sempre os defendeu. Embora confiassem que haveriam eles logo de revelar a verdade do seu amor através de algum gesto furtivo, a que estariam todos prontos a registrar. E passaram a segui-los por onde se dirigissem. Quando se detinham na estrada, velavam toda noite para surpreendê-los. Não suportavam que agissem obedecendo a estranhas transações, que harmonias profundas agarrassem criaturas e as tornassem espelho uma da outra.

A partir daquele dia, jamais se tocaram uma única vez, ou se disseram uma palavra. Nem ela o ajudou, pelo fato de ele agora exigir trato especial. Ou ele, que cuidara de elevar o orgulho às montanhas mais avançadas, estendeu a mão para pedir socorro. E quando se fazia mais discreto o ruído da mulher, por razões do solo talvez, ou pela exaustão da caminhada e da miséria em que agora viviam, e tombava ele no chão, apalpando as pedras, ela ficava simplesmente olhando, sem se registrar no seu rosto expressão de dor, ou vontade de ajudá-lo. Erguia-se sozinho o homem e seu olhar jamais revelou uma agonia, parecia compreender que ela agia segundo sua salvação.

Também não procuraram fugir da cidade, para se entregarem ao amor que por tanto tempo defenderam. Antes distribuíam pela cidade a visão diária da sua vida comum. De modo que a cidade, que os seguia com o propósito de descobrir a origem de semelhante força, de onde provinha tanta esperteza, terminou desesperando-se com aquela paisagem desoladora. Não exatamente constituída pelo homem e a mulher, cujos corpos se consumiam como se estivessem ainda dentro do quarto perdidos em longos episódios de amor, para isto alimentados por poderosa memória que, além de vasculhar o passado, trazia-os ao presente sem qualquer ruptura. Mas pela própria cidade já sem condições de resistir a eles.

Viviam eles de frutas, raízes, e todo alimento que a cidade lhes deixava na estrada, para que o apanhassem, ali ficava até apodrecer. E sempre que um estranho os tocava, seus corpos agonizavam como se regressassem à prisão. Os pássaros e os animais sim lambiam-lhes as pernas, e manifestavam-se.

Não se descuidavam eles um minuto da punição. Também não se escondiam atrás de árvores, cavernas. Buscavam o descampado, as praças, as ruas largas, para que não acreditassem que entre eles se estabelecera ainda que brevemente qualquer comunicação, ou gesto de amor. A procissão atrás testemunhava a lisura daquele proceder. Embora alguns dissessem até quando resistiriam, se não seria inútil o cortejo, e outros proclamassem mas que amor é este que nos devora, e já não existimos.

Até que ofereceram ao homem um cajado, para que se defendesse da escuridão. Ele o atirou para longe, mas os que o seguiam passaram a adotar o hábito de apoiar-se em bengalas, cajados, o que fosse de madeira. Queriam eles o sacrifício, e alguns tão exagerados se dependuravam nas árvores, ali ficando amarrados algumas horas sofrendo sede e o desespero dos músculos.

Eles porém repousavam sobre pedras, sem jamais nos últimos tempos ela olhar o companheiro. Pois não somente a mulher atingira a perfeição na questão dos ruídos, para ele se ferir sempre menos, como o imitava assimilando solidária a sua cegueira, buscando ir de encontro aos galhos espinhosos que o haviam ferido antes, de modo que a dor do homem também se transmitisse ao seu corpo. Ambos acentuavam os desastres de certas formas físicas, e vendo-os sangrar a cidade sofria no seu permanente cortejo.

Ninguém mais suportava aquela altiva resistência. Os dois rostos destilando um prazer diário, mas de fúria tão esquiva que se abrigava, e jamais se viu sua luxúria. Até que o prefeito disse:

— Eles venceram e não os seguiremos mais. Se quiserem, podemos mesmo matá-los.

A proposta foi recusada. Aquele amor ainda haveria de se esgotar um dia, defendiam eles agora todo estigma. Atrás deles, o cortejo visitava ruas, campos, caçando borboletas, maravilhas. O sentimento do divino. Embora vivessem o homem e a mulher na escuridão.

O Jardim das Oliveiras

É urgente, Zé. Ao menos para mim, herói de um episódio anônimo, autor de um hino cantado em agonia e silêncio. Logo que abri a porta, o homem me pegou pelo braço. Não adianta fugir, ele disse. E seu gesto não foi de ladrão, de quem vai contra a lei. Parecia certo dos próprios atos, não se importando que os vizinhos o surpreendessem. Tinha olhar de vidro e o seu nariz, como o meu, era ligeiramente adunco. Não lhe vi sinal particular na cara. Ah, Zé, como a alma é uma gruta sem luz.

Segui-o esbarrando contras as paredes, o sangue me havia deixado ainda que eu o reclamasse de volta. Passamos pelo porteiro entretido com a empregada do apartamento 203. Um cabra safado e inútil. O sol arrastara o bairro para a praia, não via almas na rua. Dentro do carro, frente ao prédio, três rostos anônimos me aguardavam, meus algozes, meus companheiros de vida. Um crioulo, um mulato e um branco, a etnia carioca. Quem sabe jogamos futebol juntos, no passado choramos com o gol que justamente dera vitória ao Flamengo. Não levaram em conta a minha cara amedrontada, fui jogado no banco traseiro com desprezo. Para quem mata é sempre cômodo designar os covardes. Agiam, porém, com discrição, de modo a que eu voltasse para casa livre das suspeitas dos vizinhos. Ninguém também me reclamaria o corpo.

Eu tinha certeza de que tomariam o Rebouças. Na Barão de Mesquita, o meu coração era um paralelepípedo. Cruzamos apressados o pátio, vencíamos corredores e mares. Havia na sala unicamente três cadeiras, um de nós ficaria de pé. Nenhum sinal de arma à vista, a mesa nua, as paredes descarnadas. Ou eu é que terei desejado os instrumentos que levam o corpo ao fino desespero, sonhado com a guerra, desenvolvido instintos assassinos?

O medo grudado na pele ia-me asfixiando, os poros logo entupiam-se de ânsia e vontade de vomitar. Havia, porém, na consciência uma brecha através da qual eu implorava aos intestinos, ao ventre, à alma, que não me humilhassem uma vez mais. A memória revivia a tortura, a dor florescente, a cabeça estilhaçada em mil estrelas, a calça borrada de merda, a urina solta pelas coxas até alcançar a unha do pé. A desesperança de saber que a dignidade dependia de um corpo miserável a serviço da força alheia. Você, Zé, é rijo como um cabo de metal, não pode compreender os desmandos de um homem, aceitar os desconcertos da terra. Mas a verdade é que sou um covarde, nasci com medo e morrerei sob a intensidade deste astro. Falta-me valentia de puxar o gatilho contra a minha cara, ou a do inimigo. Quem me fere mais que os meus desígnios? O medo dorme no meu travesseiro, trato de domesticá-lo, torná-lo amigo. Sei que você me afaga a cabeça, quer encaminhar-me ao heroísmo. Sinto muito, Zé, mas não sou herói. Nunca mais serei. Não sei mais como encontrar o antigo fogo cego que me iluminava no corredor sem fim.

A sorte me regalou uma cadeira. E o bafo quente dos inimigos, que vinha em ondas. Às vezes, se aproximavam, logo bem distanciados, para eu medir a fragilidade do destino. O branco especialmente devotava-se aos círculos, designara-me o eixo em torno do qual girariam. Evidentemente odiava-me, mas certa elegância no corpo não o deixava matar-me. Acima do gozo pela minha morte, havia seu outro prazer secreto. A reverberação do meu rosto em chamas impedia detalhado exame das suas feições contraídas. Foi dizendo, é rápido, mas pode demorar, se não colabora. Estaria eu ainda em meu país, e incitava-me a traí-lo, ou era um estrangeiro que contrariava frontalmente os interesses de uma pátria humana?

– Não sei de nada. Tudo que sabia confessei há nove anos atrás.

– Não precisa nos recordar. Sabemos de tudo. Foram exatamente nove anos, três meses e onze dias. Em março, já poderá festejar o décimo aniversário.

Magro e desenvolvido, os anos haviam-lhe ensinado a interrogar um homem sem ceder às súplicas de um olhar. Da minha cadeira, via-lhe os avanços e recuos, e não pretendia exacerbar-lhe as funções.

– Onde está Antônio?

Todos sabíamos que Antônio estava morto. Quem sabe ele próprio o teria assassinado, fora o último de um longo cortejo de torturadores. E por isso capaz de descrever em detalhes o corpo de Antônio em chagas rasgado por alicates, cortado pelas lâminas e pela raiva, expulsando o sangue em golfadas, o olhar empedrado que até o final evitou a palavra que, condenando os vivos, melhor teria esclarecido os últimos instantes de um homem.

Ou será que se referiam a um outro Antônio, o das Mortes, o do Glauber? Recuei sem ter para onde fugir. Sem tempo para análises.

– Mas que Antônio? – e temi hostilizá-los com a pergunta.

– Você sabe de que Antônio falamos. Para vocês só existe um Antônio. Nenhum outro existe no mundo.

Metiam o estilete no meu peito. Dispensavam os recursos fartos e cheios de sangue. Confiavam na agonia que diariamente me assaltava, na minha consciência imolada pelo medo e o remorso. São uns filhos da puta, Zé. E não só porque me podem ferir, humilhar meus órgãos, expô-los ao opróbrio da dor e da covardia. Pior que o corpo aviltado, é não me deixarem esquecer que lhes dei as palavras que arrastaram Antônio ao cativeiro. Embora não tivesse sido o único a traí-lo, forneci os detalhes que, justamente ao descrever seus hábitos, a cara forte, sua agilidade em escalar telhados, o ar de felino, seus esconderijos, compuseram a narrativa que de tão perfeita exigia a presença de Antônio para dar-lhe vida. Não podia ele privar-se de uma história que se fazia à sua revelia. A morte dependia do seu consentimento para tornar-se real.

Foi tão pouco, não é? Tão pouco, que me ficou como herança um pesadelo que disfarço diariamente. Não quero admitir que Antônio é um tormento mastigado a cada garfada, o excesso de sal de todo repasto. Não vivo sem a sua sombra, você e eu sabemos. Ele trepa junto comigo. Vive graças ao meu empenho, divido Luíza com ele.

Inclinei a cabeça, para que não me vissem a vergonha e o ódio. Ao mesmo tempo, o gesto assegurava-lhes que estando eu de acordo por que continuar com a farsa. Eu era o que eles me designassem. Eu era as palavras arrancadas à força, era a covardia que eles souberam despertar em mim, e antes me fora desconhecida. E era ainda a vida que eu descobrira preciosa entre os suplícios infligidos. Não parecia exatamente uma herança que eu pudesse explorar em meu favor. Quis gritar, não basta me possuírem, me escravizarem com grilhões invisíveis, querem ainda que eu lhes lamba os colhões desumanos?

– Vamos, fale logo. Onde está o Antônio?

Não desistiam. Tinham mãos nervosas, cheias de recursos, e de que se orgulhavam. E nelas não se viam manchas de sangue, ou calos, por espremerem as juntas dos inimigos. Parecidas com as minhas mãos, com as do meu pai, as da família a quem se entrega o sono desprevenido. E, no entanto, elas enterraram Antônio perto do rio, segundo se dizia, para a enchente levá-lo entre os escombros dos barrancos. Assim, nenhum amigo confortou Antônio com prantos e flores. Ou acariciou o que havia sobrado do seu corpo. Embora não pudessem os algozes impedir que os proclamas de sua morte em meio à prolongada tortura corressem o país. Eles defenderam-se, como nós bem o sabemos, acusando-o de desertor, de haver trocado os ideais revolucionários por Paris, seu novo lar.

– Não tenho visto Antônio – disse-lhes de repente, querendo minha vida de volta. O prazer de pisar de novo as ruas. Ainda que sob a constante ameaça de perder rosto, identidade, país. Há muito me haviam sonegado a língua, a terra, o patrimônio comum, e eu resvalava na lama, que era o meu travesseiro. Um pária que não contava com a herança do pai. Não me podiam cobrar o que já não lhes havia cedido. Pertencia-lhes como um amante, embora sofresse o exílio da carne.

O sorriso do homem aprovava o rumo da minha servidão. Não o tem procurado, viram-se em algum bar? Onde podemos encontrá-lo no Rio, ou em São Paulo?

— Não sei de Antônio. Sempre desapareceu sem avisar. É o jeito dele. Quando volta é como se nada tivesse acontecido.

— E não tem notícias suas — o mulato tomou da palavra, assumia o esplendor daquela hora.

Cercado pelas chamas dos olhos inimigos, aspirava a respiração dos três homens que me haviam atraído até ali somente para eu provar de novo o gosto seco do medo, a rigidez da violência. Onde estivesse na terra, arrastaria comigo os seus emblemas. Ah, sim, me lembro agora, vi-o uma vez à saída de uma sessão do Cinema I. Havia gente demais, gritei seu nome, ele falava com entusiasmo, tinha amigos perto, infelizmente não me ouviu. Na Prado Júnior, quando o procurei, já havia desaparecido. Isto foi no ano passado, acho que em dezembro, fazia muito calor.

— E ele, mudou muito?

— Não. Um pouco mais gordo. E agora está de bigode.

As perguntas e respostas iam compondo um novo Antônio nascido da aspereza dos nossos dedos mergulhados na argila. Quanto mais falávamos, depressa Antônio recuperava diante de nós o ardor familiar a eles e a mim. Com o nosso empenho conquistáramos o direito de ressuscitá-lo. Nós o tínhamos tão próximo que praticamente o acusávamos de haver-nos abandonado sem cuidar da nossa aflição, levado apenas pelo prazer de inquietar amigos e carrascos. Ou simplesmente pela arrogância de alimentar uma legenda heróica.

O suor da minha camisa não mitigava a sede. Ainda que eu pedisse, não me deixariam beber de um líquido envenenado pelo temor e o delírio verbal. O jogo custava-me vida e honra, mas era o preço a pagar-se para ganhá-las de volta. Acaso pensavam que me podiam arrancar a vida porque me faltaria a coragem de usar uma vez mais as palavras que me matando por dentro abriam-me a porta para esta mesma vida?

Eu sei que a palavra é a vida. Mas o que dizer dela quando se distancia do arrebato popular e perde função? Eu sei que a vida prova-se com a palavra, mas quando nos é ela extraída à força, e ainda assim a vida nos fica, não é a vida o único tesouro com que se recomeça a viver? É o que venho fazendo, Zé, diariamente averiguo o nível de água dessa minha existência. Um reservatório em que combato visando a outra margem, da qual logo me expulsam ao estender o braço querendo repouso. Um dia, me vingarei. E não será vingança jamais esquecer meus algozes, ser a memória viva daqueles instantes, do que em mim sobrou retalhado e sem altivez? Seus rostos colados ao meu refletem-se no espelho quando faço a barba. Algumas vezes a mão treme, sonho em mutilar no meu rosto aquelas caras pacientes e frias.

Antônio encontrava-se naquela sala. Vivo, ardente, combatendo o mundo em tudo igual ao que havia deixado antes de partir. Não sei se o crucificávamos, ou ele a nós torturava. E quando afinal parecia fumar entre nós, constrangido ao lado de quem o traíra, o homem branco disse, exigiremos você outras vezes. Antônio é um terrorista, um assassino de mulheres e crianças. Devemos encaminhá-lo à Justiça.

Deu-nos as costas e saiu. Logo me encaminharam à cela vazia, ninguém disse uma palavra. O meu destino não tinha pouso na terra. Se desta vez não me supliciaram, pela manhã se devotariam às práticas em que eram mestres. E se não lhes bastasse o dia seguinte, me reteriam por uma semana, um mês, e a vida se escoaria delicada sem que a reclamassem, ou a defendessem. Até você pensaria que enfarado finalmente eu trocara o Rio por Paris. A minha prisão não desperta suspeitas.

Não é verdade que também vocês há muito me condenaram?

Eu mal via os objetos em torno. Estendi-me na cama com medo de repousar sobre um morto. Quantos mortos e feridos não me precederam ali. O mau cheiro vinha dos corredores, das frestas. Perseguiria os cães vadios da madrugada. Do lado de fora dos prédios. De repente, eles apareceram. Talvez no meio da noite. Pareciam não me haver abandonado. Em desesperada busca de Antônio. Precisavam dele como eu ali estava a vender uma vida acanhada e medrosa. Mas, contrário ao que pensava, eu logo vi o céu aberto. De novo cruzamos o pátio e, no carro, o mesmo silêncio. Eu não podia confiar neles. Talvez a decisão fosse matar-me no matagal, o corpo encontrado em decomposição. Crime banal, seguramente o otário levando dinheiro na carteira havia reagido. Então percebi que tomavam o caminho da casa. A vida se recupera numa esquina conhecida. Despediram-se sem uma palavra e, jogado perto de casa, provavam conhecer os meus hábitos, os bares a que ia, os meus passos. Acalentavam o sangue e o suor de um país com o torniquete da naturalidade e da supremacia.

Advirto-o assim, Zé, que temos Antônio de volta. A padecer entre nós da mesma pulsação rítmica que a vida expele. E só porque não se conforma com o miserável cotidiano brasileiro, decidiu deixar-nos. A vida o ocupa de tal modo que lhe falta tempo agora de visitar amigos, chorar em seus ombros, repartir o pão das palavras com os que foram privados da esperança. E por que nos viria ver? Especialmente a mim, a quem despreza, eu que, ungido pelo medo e a ameaça, descrevi-o a ponto de facilitar-lhe a captura? Será que o coração de Antônio sabe perdoar, esforça-se em compreender os que claudicam? Sem dúvida, sou o seu avesso. Aquela contrafação de carne que a piedade humana obriga a arrastar com dificuldade. Sem Antônio perceber, no entanto, que apesar dos estragos em mim realizados sou ainda uma das suas histórias. Asseguro-lhe nome e rosto com a versão que dele faço constantemente. Tornei-me o rastro dos seus feitos, a maculada poeira do seu calvário.

Ao mesmo tempo que ressuscitamos Antônio, tenho a consciência marcada de modo a jamais esquecer que lhes fico outra vez mais devendo a vida. Eles que me puderam matar e não o quiseram. Devo-lhes tanto o que sou que, juntos, reconstituímos Antônio, fizemos a vida pulsar de novo no centro do seu coração amado. Terá sido desonroso reviver Antônio? O poder não fragiliza apenas a quem domina. O poder educa para que não esqueçamos as suas lições. Mas como será quando a lição passar a ser aplicada por nós, povo pálido e submisso?

Amanheci com dor de cabeça. Talvez pelo maldito camarão do jantar de ontem. Luíza não quis hoje receber-me. Insisti, é urgente. Claro que não lhe falei das indisposições físicas, da periódica agonia do medo, do episódio recente. Diante dela sou belo, pungente e mentiroso. Desculpou-se delicada, precisava ficar só. Simulei compreender o seu estado, outra vez a prisão da cortesia. Ou a prisão do amor que me regala com o esquecimento, a única masmorra a indicar o caminho do futuro.

Não me custa agora enfraquecer a voz, recolher-me à casa aos primeiros sinais da derrota, da admoestação e da censura. A submissão é uma virtude social sem a qual, ao menor conflito, enfiaríamos a faca no coração desprevenido do vizinho. Aprendo depressa a acomodar-me entre os tijolos da vida, estas quatro paredes sinistras. A assimilar atos de obediência que, uniformizados, e em seqüência, não chegam a doer. Também não ardem. E isto desde o gesto mecânico de escovar os dentes ao despertar. Não fosse assim, quem aceitaria o travo e a amargura da minha boca insone, a quem haveria de beijar?

Sozinho em casa, elimino os gestos brutos, apronto-me para as visitas que não virão, esmero-me para o carcereiro habilitado a visitar-me sempre que a minha ausência lhe doa. O relógio e o tempo coincidem numa quarta-feira. O que se pode esperar de uma criatura fiel ao Estado a cobrar-lhe obediência como meio de assegurar à coletividade uma existência feliz? E que expulsa do seu corpo social todo e qualquer organismo infectado de pus, palavra e ação rebeldes.

Moderado e elegante, besunto-me de essências. O que sei do meu rosto me é suficiente. Bastam-me as pequenas atenções do cotidiano. Não se aconselha a amar a própria perplexidade. Mas acomodar-se à vida possível e transcrita na Bíblia. Serei um acomodado? E quem não é. Dizer bom-dia não é então sancionar a existência do inimigo e acomodar-se à sua estratégia? Ah, Zé, quantos capítulos são diariamente redigidos numa infindável série de resignações. Até mesmo quando gritamos puta, merda, caralho, estamos a consagrar a linguagem coerciva da escatologia oficial. Estas exclamações do arcabouço lingüístico dos ingênuos que se satisfazem com falsetes que o meio social sabiamente absorve e atenua.

Apesar de tudo, trago comigo algumas perguntas. Nem todas palavras sufoquei. Bóiam elas no meu bolso, junto ao travesseiro. Dificultam o meu sono. Sei bem que todo gesto meu é passível de pena, e que nem com o conhecimento da lei conduzir-me-ei de modo a vencer os alcances desta mesma lei. Para cada ato meu em surdina há uma lei à escuta. Quem sabe não estará o vizinho a esta hora a delatar-me junto às autoridades sanitárias e repressivas. Justamente o vizinho que honra a vida reproduzindo no seu quarto a espécie humana. Não estou isento de culpa quando me atribuem uma culpa. Me podem nomear culpado a cada instante, e de que servirá a proclamação de uma inocência em que eu mesmo não creio?

E com que direito protesto, se fortaleci quem tinha a arma na mão, dei-lhe a munição que escasseava. Mas não quero padecer acima de minhas forças. Afinal, Adão e Eva resistiram menos que eu e tinham só a Deus que enfrentar. A história designou-os vítimas de um arbítrio por parte de quem havia ousado criar a terra. Diga-me, tem força quem gera força, ou força tem quem sabe administrar uma força que lhe foi emprestada?

Somos tão frágeis, Zé. Basta que me cortem o pulso para sangrar até a morte. Será por isto que cobramos do outro um despotismo que ao mesmo tempo que nos governa também esconde a nossa fraqueza? Queremos o arbítrio, a prepotência, o poder, e nos omitimos quando eles se revelam. Desde que um bando de desesperados construiu a primeira nau, e com a qual venceriam o oceano, exigiu-se que um punho de ferro a capitaneasse, marcasse o rosto popular com largas cicatrizes como prova de autoridade. Assim, até a aventura e o sonho nasceram comprometidos. O que a princípio parecia grandeza visou o palco para louvar e divulgar os próprios feitos. A generosidade sempre se manifestou de acordo com as leis, e nunca as transgrediu. Não há bondade neste hemisfério sem *referendum* oficial.

Sob que manto, Zé, esconde-se o poder, em que regaço? Estará entre os que acodem depressa aos mais altos postos, os que morrem gratos com a morte, os que sorriem apesar do olhar acuado e a vida em postas de sangue? Ou entre os que apunhalam e gritam e uniformizam e tiranizam e não cumprem? A terra é áspera com os rios em fúria, a lavoura malograda, os animais febris. Uma natureza que ruge para assim indicarmos aqueles que, em nossa defesa, superam a tormenta e logo enamoram-se de seus encargos. Como se o poder e a natureza em aliança esculpissem no homem rígidas regras de bem viver.

No rádio, um chorinho brasileiro. Estou só, como já lhe disse, e Luíza não virá. O sanduíche é frio, sua alma gordurosa. Desfaço-me dele e das palavras em mim ordenadas por quem pensou na minha frente. O que fazer quando até mesmo as palavras originam-se de um material envelhecido, que se confunde com a morte. Não há vida real no planeta. Tanto melhor, livro-me assim da insensatez e da desordem. Se sou herdeiro de uma cultura voltada à renúncia, por que não abdicar da rebeldia e do inconformismo. E com os dentes rijos abocanhar os pedaços de vida que arrastam o peixe do prazer em sua rede.

Nada mais quero que amar aquela mulher. Abdicar da perspectiva coletiva e concentrar-se no universo pessoal é a essência da felicidade. O mundo passa a ser você. Ela e eu, ainda que Luíza me vire o rosto e a arrogância a enalteça. É tão harmônica que seus desejos cumprem-se em horário determinado. Ela tornou-se um dos pilares do poder, especialmente as suas coxas. E, sendo seu amor mais frágil que o meu, banca ela faustamente o jogo humano. Tudo faço para cravar-me entre as suas vértebras como uma lança. Juntos assim costuraremos as rendas e os afagos que formam um lar. E, sob tal abrigo, os carrascos irão encontrar-me. Cheio de correntes, doçuras, orçamentos, projeções futuras. A quem arranharei com as unhas aparadas?

Aspiro com Luíza a limpidez e a vida cristalina. Um coração transparente e as paredes da casa de vidro. Quem olhe dentro verá o repertório de que me componho, sem o socorro de fichas e cadastros. O Estado é a eterna visita em minha casa, mesmo quando dela se ausenta. E, sendo ele assim meu amigo, a vida torna-se compatível sob seus cuidados.

Lembra-se daquelas folhinhas povoadas de santos e provérbios moralizantes que as farmácias distribuíam? Ungidas todas pelo suor popular? Eram elas sábias, não excluíam as agruras do cotidiano, as receitas de bolo e os modestos atos humanos. Previam a poupança e, claro está, o receituário farmacológico. Humanas, jamais antagonizaram o ano que decorria, assim como o terço nas mãos dos que choravam. A tranqüilidade destes calendários é que busco, como se recuasse no tempo. Jamais empunharei de novo uma espada mesmo quando o seu uso obedeça à urgência de vingar um povo ultrajado. Não tenho inimigos, ou melhor, eles não têm nomes e rostos. Solidarizo-me com a miséria nas telas do Cinema I. Passarei pela fome brasileira com o orgulho ferido, mas sob a tutela do meu automóvel de prata. O próximo comove-me sem dúvida, mas meu destino não se comprometerá em sua defesa. Despojado da fraternidade, instigam-me a aplaudir as famílias poderosas, que se expandem segundo o número de suas fábricas e o volume dos créditos fornecidos pelo Banco do Brasil. Não quero descendência, mas um esperma seco e apático. A memória dos ancestrais não me diz respeito. Os retratos amarelos falam-me sim de mortos, logo os queimarei. O mesmo faço com as cartas, a memória, com o meu rosto pálido. Só vale a história forjada, só tem valor o homem de palha.

Sou um animal que ao lado das derrotas contabiliza o medo. Quem me educou foi este país onde vivo, amo, sou o que me permitem ser. Nada peço além da minha extraordinária felicidade. Em seu nome, abdico da consciência social. Feita de levedo e farinha rala. Estou livre, Zé. Livre como um polvo embaralhado nas próprias pernas. Livre como um cordeiro sacrificado e o pão ázimo perseguido. Renunciei ao destino do homem pelas moedas de bem-aventurança que hoje arrasto e bem atadas aos pés.

Nasci pelas mãos de minha mãe, mas morrerei sem o socorro da sua vagina. Tenho a vida determinada por um começo e o fim. E, embora sujeito e objeto da história, este começo conheceu data, ano, local, horas precisas. A carteira de identidade facilita, aliás, meu trânsito pela terra.

O meu fim será canalha. Sujeita-me a critérios e circunstâncias que não elegi e de que não posso escapar. Logo confirmado este final, a consciência será automaticamente expulsa de mim para mergulhar na merda. Unicamente a história, testemunha do lado de fora do corpo, registrará a cena da qual sou protagonista e que porá término à minha biografia. Então se sucederão o vazio e o esquecimento, eventualmente as especulações históricas.

A nossa morte, Zé, pertence a quem a assiste e aos que a descrevem. Não somos a nossa morte. Mas uma prolongada agonia a que faltam palavras com que explicá-la perante nós mesmos. E este fim é o medo, o fim justifica a dignidade precária. E as palavras que definem este estado me são emprestadas por uma coletividade igualmente acuada. Razão pela qual tenho o direito de subscritar qualquer documento que estejas agora escrevendo. Do mesmo modo que todo texto de minha lavra pertence ao vizinho que também escreve em meu nome a história da minha miséria. Mas que maldita aliança é esta que mistura os nossos sangues e forma um só destino? E que me obriga a acompanhar o desterro de um homem próximo a enfrentar o pelotão de fuzilamento, ainda que não cuide da sua sorte. E sentir-me a futura vítima quando acorrentem quem ousou transgredir e protestar. Saiba, pois, que a minha covardia pertence-lhe enquanto não tiver a coragem de proteger-me, de expulsá-la da minha vida para sempre.

Uma vez que não posso arbitrar sobre a minha vida, pois encontro-me sob a tutela da violência e do absolutismo, passo a vivê-la pela metade. Assim, quem sabe do meu destino não sou eu. É o outro. Quem me assalta na esquina é dono da minha vida. Me faz suicidar-me. Me faz desaparecer, apaga a minha memória, escasseia os dados que me registram. O outro é o que sou enquanto sou o que ele destrói em mim sem me consultar. E seguramente me perderei, quando me queiras salvar. Minha salvação restringe-se a prazos curtos. A morte me convoca segundo arbítrio próprio. Sou uma zona sobre a qual o poder e a guerra se exercitam. Quem quiser mata-me sem perguntas, ou desculpas. Nascemos iguais, mas cada máscara humana tem um desígnio cruel. A morte e o medo e o dinheiro e o poder desigualam o mundo. O homem não é a própria sombra, mas a sombra que o deixam projetar.

Saberias descrever o rosto do carrasco que seqüestrou dor, prerrogativas, e inundou a vida com preço sem valia e serventia? Ou antecipar a palidez do teu corpo na agônica ascensão para a morte? Não devia escrever-lhe, Zé, mas há muito o medo me libera para estas tristes incursões. E, embora não me iluda a falsa abundância do amor, entrego-me a este estranho arrebato que ergue a vida e o pau ao mesmo tempo enquanto apago os dias na brasa do cigarro. Nas mãos deste teu amigo sobram o esplendor do prato e a suculência da cama. Bem diferente do velho que mora no apartamento ao lado. Sitiado pela própria velhice, raramente deixa a casa. A luz do sol debilita a sua pigmentação já estragada. Algumas vezes escuto-o esbarrando contra as paredes, seguramente buscando sôfrego os objetos que lhe escapam quanto mais se cansa.

Encontrei-o hoje a abrir a porta. Não distinguia a fechadura da maçaneta, talvez os olhos remelentos. Ajudei-o a encontrar o caminho da casa, seu túmulo, os embrulhos deixei na cozinha. Mal respirava, os olhos apagados, agradeceu com breve aceno. No sofá, esqueceu-se de mim, ocupado com a vida modesta, com as horas que lhe sobram, as rugas envenenando o seu rosto. Seguramente, ele ainda está lá, do outro lado da minha parede. Crucificado com os pregos de cada dia. O porteiro talvez me anuncie amanhã a sua morte. Mas não chorarei por ele, que diferença faz que viva. Há muito que vimos fugindo de suas carnes fenecidas, há muito que o matamos. E não é verdade? Alguma vez o aquecemos no regaço humano, algum de nós enfeitou-lhe a vida para que eventualmente sorrisse?

Talvez o seu coração seja rijo e amoroso e sonhe com beijos e murmure palavras ardentes com cor de cobre. E seu olhar disperso é a grave acusação que pousa em nós com o peso de uma pena manchada de sangue. Percebe o quanto o desdenhamos, que não lhe catamos os dentes imolados pela cárie dos anos, e que seu corpo, incapaz de controlar o suor, o esfíncter, a urina, jamais mereceu nossa defesa.

Ah, Zé, a velhice me intimida, esta esponja de triste sabedoria que bebe vinagre, solidão e desespero num só trago. Também eu um dia soçobrarei na mesma espécie de torpor. Não me restando como defesa senão as moedas amealhadas que substituam a perda da luxúria, as moedas que justamente protegem a vida quando lhe decretam o banimento. Bendito ouro que outorga ao homem a última piedade e impede que o enterrem vivo só porque lhe apodreceram as juntas. Zé, como será quando o olhar jovem não mais pouse em nós. Quem me vai pentear os cabelos?

O segredo do avô foi amealhar pão e dinheiro a fim de que o respeitassem. Até a morte mastigou com os próprios dentes, cuspiu ordens, devolveu afrontas, a ninguém pediu emprestado, ou contraiu dívidas e humilhações. Das suas mãos tombavam as moedas que seguiam diretamente para os pratos dos filhos. A comida vinha dele, assim como os sonhos. Havia comprado as ilusões dos netos com o suor.

Enfrentou o futuro com o dinheiro no bolso. E de tal modo o ouro e ele viveram lado a lado, que passaram a dividir a mesma respiração, a consumirem igual tempo de vida. Ele e o dinheiro morreram juntos, no mesmo sábado. No seu enterro, sofri mais por mim que por ele. O avô havia governado bem a vida, seu triunfo era o cortejo que o seguia. Eu me perguntava quem arrastaria a alça do meu caixão cumprindo um dever de afeto, assegurando-me uma dignidade que o dinheiro não tivesse previamente comprado.

Como confiar na sua amizade, Zé. Ou na generosidade da sua casa. Se lhe chego sujo, rasgado, fedendo, certamente me fecharás a porta. Os aparatos do seu cotidiano me honram enquanto as penugens das boas maneiras, do bem vestir e da linguagem me adornam. Seus amigos cobram a cada instante palavras perfumadas. Habituaram-se a dizer quem somos, até onde chegaremos, ao simples anúncio da primeira frase. Também meu destino se tece através desta tirânica linguagem que diariamente inventaria um legado cultural polido junto à prata inglesa. Entre nós, não se perdoa a incompetência verbal.

Conheço a indulgência que fiscaliza o padrão lingüístico implantado entre nós como uma dentadura e determina os que ficam na sala e os que devem regressar à fábrica, ao trem da Central, à estrebaria, ao seio do povo em nome do qual se travam batalhas e redigem manifestos. Merda para as palavras sem sangue, merda para os que explicam a vida com polidez fria e correção gramatical. A tua sala é tão covarde quanto a minha alma, embora as tuas palavras licitem bravatas e idealismo. Como crer em ti se ainda estás vivo, Zé?

Sou um pastor com sobrevida comprada a queijo, ervas, leite roubados. E minha astúcia é parte da astúcia coletiva, acuada e defensiva. Assim, o que em mim se manifesta reflete origens que não alcanço, mas que sempre foram arrastadas pela lama, a sangrarem. Nasci do medo que se devotava aos sacerdotes e aos temporais que apodreciam as colheitas. Como então ser digno se tenho as mãos contaminadas pela covardia popular e por uma história que não escrevemos e não nos deixaram viver? Unicamente o poder dispõe do heroísmo e da narrativa. No meu universo de lágrimas, sobra apegar-me às artimanhas que salvem a vida. Tenho a vida endividada antes mesmo do meu nascimento. Sei que minhas palavras te agastam, mas vêm do meu coração ingrato, amargo, amigo. E o que mais queres? Aplausos, triunfo, temor pelo teu olhar em chamas?

Até Luíza refere-se a você com desconfiança. Um homem que domina a linguagem e não se comove. Embora eu lhe garanta o contrário, ela não acredita. Rejeita o brilho metálico deste olhar onde a consciência crítica instalou-se implacável. É uma muralha que Luíza não vence. Confessou-me, quem olha assim, ama assim também? Quase lhe disse, e quem ama mole, levanta o pau? Eu a teria perdido com tais palavras. Diariamente lustra a existência com óleo santo. Na cama, porém, esvai-se em atos perigosos, as palavras sempre acorrentadas pelo pudor. Onde esteja, sua linguagem é impecável. Sua ordem mental alija a paixão. Não sei onde se abriga o coração daquela mulher.

Acusa-o igualmente de solitário e servo da paixão ideológica, enjaulado entre feras e idéias fixas. Luíza despreza os que proclamam a infelicidade, bafejada que foi pela sorte, a beleza e os perfumes raros. Procura convencer-me que você inveja a vida em geral e o nosso amor em particular. E que amor, digo-lhe em desespero de causa, para que se defina. Ela sorri, que amor senão o nosso.

Facilmente perde-se em suspeitas. Mas,

envergonhada desta descrença pelo humano, o desconforto a assalta, mal sabe guardar as mãos belíssimas. Propus-lhe que jantássemos todos juntos na próxima semana. Luíza aceitou, mas não se iluda, jamais abdicarei da vida que defendo em troca das idéias do Zé. Assim, amigo, não faça exigências que Luíza não possa atender. Temo as pequenas farpas que tão naturalmente você deixa escapar, elas custam tanto a abandonar uma pele ferida. Não me chame de idiota, e nem quero a sua compreensão. Esvazio-me a cada noite bem vivida, estou vivo na desastrosa piedade do amor.

E o que há além desta exaltação? Do outro lado existem sombras, aqueles olhos sinistros que também sabem rir. Riram de mim, na minha presença. E me seguem por toda parte, ainda quando não os quero encarar. Não me deixam apagar o medo, que tenho enunciado na pele como amigo e irmão. Eu que não soube dosar as palavras. A confissão me chegou como um vômito.

Nada lhes bastava. Quem oferecesse a perna ficava a dever-lhes um olho. A vida mesmo que se desse não chegava. O que esses homens vorazes ainda reclamavam? A alma, o futuro, o eterno ranger das juntas? Como deuses, ambicionavam traçar o destino, ainda que aos gritos eu jurasse nada mais tenho a dizer. Esbofeteavam o meu rosto, a descarga elétrica vinha nos testículos, no círculo do ânus. Eu balançava, perdia os sentidos. Voltava à vida não querendo achegar-me a ela. O que tinha a vida a prometer-me para eu defendê-la com bravura? O chefe exercitava os dedos afiando a navalha contra o meu sexo. Vamos, trema que eu te capo. Eu tremia, babava, fechava os olhos, rezava. Como será o retrato de uma carne mutilada, saberiam fotografar a minha dor, a última vibração do nervo abatido? Os algozes me arrastavam como escravo, me amavam, tocavam no meu corpo, iam às minhas partes. Aos prantos, supliquei muitas vezes, não sei de nada, já lhes disse tudo. Como um porco, eu fornecia carne e alegria aos homens. Permitia que esculpissem em mim outra criatura, me parissem entre a placenta da suspeita e da covardia.

Ah, Zé, certas experiências varrem a vida para distâncias onde não se pode ir para reclamar, pedi-la de volta. Sinto cada ato traduzido em senhas que me chegam sussurradas, impossibilitando qualquer leitura. Não sei das minhas transformações. Nada sei da matéria viva que me alimenta. Terei realmente escolhido? Com que direito tomaram eles da minha indivisível vida e dela fizeram um cristal devassável e quebradiço. E se deram de presente o meu corpo, a minha honra, a minha dor, a minha lágrima?

Por favor, não espere muito de mim. Meu único compromisso é com este feixe de nervos que é a minha vida. Especialmente depois que eles grudaram o medo no meu peito, debaixo da minha camisa. E o medo vem à mesa comigo. É farto e fiel. Quem o desconhece não experimentou a vida pulsar entre as falanges. Ele é agora o único a registrar o tempo por mim. Envelheço aos seus cuidados. Assim, cabe-me cuidar de sua aparência, dou-lhe banho, ensabôo-o pelas manhãs.

Você fala-me com orgulho da posta viva de heroísmo que é Antônio, sempre presente na nossa cama. Assassinado para assumir o papel que seguramente faltava na história. Mas eu não estava ao seu lado quando nos deixou. Ninguém ali esteve para dizer-nos se morreu calado, ou praguejou porque, simples mortal, a vida lhe fugia. Terá escolhido a morte com honra, ou a violência dos algozes decidiu por ele, roubando-lhe assim o direito de escolher legitimamente entre a vida e a morte. Nunca saberemos, Zé, sabemos sim que lhes devemos o herói trazido na bandeja para que assim tivéssemos um retrato na cabeceira e outro na memória. Lembra-se da gargalhada de Antônio? Antônio riu na cara deles, ou suplicou que o levassem de volta à cela escura, ao lençol fedendo a urina, onde ouviria a própria respiração, o coração a latejar no peito, que é a mais intensa volúpia sentida pela carne? Terá Antônio morrido unicamente para ocupar nossos sonhos? Mas de que servem sonhos que se transferem para os netos sem jamais se cumprirem?

Para você, apalpar a desgraça do povo, ou dela falar a distância, fortalece a consciência. Deste modo, vigia temeroso a própria luxúria, não se permite o festim individualista, que tem os sentidos como modelo. O seu código alveja ao mesmo tempo inimigos e acomodados. Você odeia o morno, quer a justiça. Mas saberá mesmo escolher os inimigos, serão realmente culpados os que morram sob os seus cuidados?

A consciência que prega o sangue assusta-me tanto quanto as mãos dos carrascos exalando a carne humana. Assim, a política da sua vida é esquecer a própria vida para reivindicá-la melhor e soberana. Enquanto a minha é celebrar a vida de modo a não esquecê-la. Por isso, sou covarde enquanto o mundo te celebra. Ampara-me o corpo de uma mulher, contrário à sua solidão alimentada por um bairro comovido com semelhante disciplina ideológica. Mas sou-lhe grato pela paciência com que me escuta. Algumas vezes corrigindo os movimentos pendulares que me levam a vôos rasteiros e sem perspectiva. Seguramente porque empinamos juntos a mesma pipa. Meu Deus, onde estou que o peito me cresce e o destino da terra afasta-se de mim, deixa-me sempre mais só.

Tenho Luíza nos braços. Uma mulher em luta contra os sentimentos. Não se educou para a paixão. Condena a vida intramuros, sem delicadas celebrações. Junto a ela aplico-me aos tijolos do poder e à exaltação da carne. Você nada sabe deste estado ígneo. Ou estarei sendo injusto? Acaso freqüentou o território da paixão que expulsa o lar e a ideologia ao mesmo tempo? Ah, Zé, nada perdura além dos sentidos. Não se pensa na redenção da pátria, da miséria, do partido, quando se naufraga na água tépida, doce, macia da boceta amada. Não avalizo o sentimento humano que não emerja dos signos poderosos da carne.

Zé, ela tem hábitos de princesa, e o mundo excede à sua sensibilidade. Tanto refinamento leva-me às lágrimas. E quem não se enterneceria com o trajeto da perfeição, os gestos todos harmoniosamente comandados, a displicência com que abandona a comida no prato, sabedora que outros alimentos se sucederão sem que o seu coração deva inquietar-se com a fome.

Sou grato a Luíza. Através dela descobri que o amor é um lodaçal onde se afundam a ética, a generosidade, o livre-arbítrio. E que é da sua batalha, e da sua fome, dizimar famílias, devastar a terra, arrecadar tesouros, a pretexto de enriquecer o ser amado, assegurar-lhe a felicidade. Sempre a serviço de si mesmo, e daqueles a quem quer bem, o egoísmo do amor é perverso e ilimitado, e não conhece castigo, e nem críticas sociais. Em seu nome, ao contrário, tudo é justificado. Tem desculpas nobres, inventa princípios que a sociedade consagra constantemente numa roda-viva, sangrenta e predatória. Para alimentar meu filho, estimulam-me a matar o do vizinho. E, para que o amor me sorria e devolva eu ao mundo um sorriso, devoto-me às pilhagens e aos espólios. Os meus interesses concentram-se no objeto amado. Nas moedas que necessito arrastar para a alcova. Amar, pois, é o desastre da coletividade. Mas a coletividade sem o amor é a fria superfície sobre a qual a tirania estabelece para sempre os seus domínios. E, então, Zé?

O amor por Luíza não me aprimora. Dispersa-me até, torna-me ainda mais insensível e medroso. Não me arrisco a perder o que arrecadei nestes nove anos. Ela é a única a conhecer o limite máximo da sensibilidade da minha pele, o grau de temperatura em fogo do meu corpo, a gentileza que não deixo deslizar por debaixo da porta para o mundo conhecer os seus atributos. O que somos no quarto trancado a chaves só a nós beneficia, expulsa a humanidade. Saindo dali, visto a armadura diariamente trocada e sou grosseiro. Praguejo em vez de solidarizar-me com o outro, de abandonar os bens terrestres, esquecer os ressentimentos, perdoar.

O amor não me ensina a transferir o excesso do seu arrebato para a casa do vizinho. Não me ajuda a dar rosto a uma humanidade hoje abstrata para mim. Assim, esta abstração do humano e o meu amor somados indicam-me a desesperada solidão do ato de amar. Indicam-me que, grudado à cama, agarrado ao corpo do próximo, nada mais faço que amá-lo para poder amar a mim mesmo, amá-lo para ser menos só, para assim alcançar-me e ao mesmo tempo oferecer ao outro a falsa ilusão de que contamos com a nossa mútua companhia, com o nosso recíproco arrebato. Amar é um ato solitário e sem repercussão ideológica.

Mas, náufrago que sou, resta-me ofertar a Luíza o meu coração. Dar-lhe o meu futuro, e que o salgue a seu gosto. Ela ri, acusa-me de ser uma máscara sem passado. Ou um passado com invenções, uma biografia a que se acrescentam dados móveis e falsos. Asseguro-lhe, então, que na terra já não tenho espaço. Não sei onde me localizo. O giro do planeta projeta-me a uma extremidade sempre em rotação. Pergunto e respondo, e ignoro quando a resposta não passa da armadilha da pergunta. Onde estão Cristo e Marx? Dentro de uma empanada de carne exalando a pimentão. Dispersos e contumazes, querendo vítimas. Meus inimigos sempre que hostilizo seus interesses. Vejo-os marchando em triunfo através dos estilhaços humanos. Eu sou um estilhaço, Zé. Estou proibido de pensar, o que penso é inconsistente. Não sou livre para decidir. Luíza projeta o meu retrato. A cada dia pareço-me mais a ela, com suas evasivas de jóias, de maquilagem, sempre poderosamente bela. Tenho desejo de lamber o *riesling* frio nos seus seios quentes. E qual será a vontade real desta mulher?

Ah, irmão, o que seria de mim sem o teu sorriso discreto. Pronto a arrancar do meu rosto a máscara de covarde e delator. Sou um réu confesso que após ter negligenciado a vida não se protege senão através de omissões diárias. E será covarde quem se submete à tortura, ao poderoso, às sólidas garras do inimigo? O que vocês queriam, que continuasse a dar-lhes o rabo para irem eles dentro e escavacarem? Urrei de dor, vergonha, pavor. A carne sofrida irradia estímulo a quem a tatua com fogo. Por isso não esmoreciam jamais. Borrei as pernas, a alma, tenho o fedor como indelével marca sacerdotal. Quis gritar, seus putos, mas o limiar da dor me assaltava. Eu não quero mais o orgulho de volta ao preço da minha vida.

Não voltarei a pagar o que não leve para casa em forma de prazer, de utilidade. De tudo agora exijo um valor concreto e úmido, que eu encoste na pele e sinta e não duvide. Quero o pão na minha boca, não no meu sonho. Às vezes, você quer me esbofetear, como se sua ação corretiva se equivalesse à do carrasco movido pelas promessas do fanatismo. Unicamente controla-se porque de um humanista aguarda-se a defesa do humanismo. O estranho adestramento de analisar e classificar os sentimentos e os direitos humanos à sombra.

Eu, porém, vivo ao sabor da certeza de que a minha vida será cobrada a qualquer instante, segundo os interesses do Estado. Mas você também é parte da mentira e da hipocrisia que constroem e vendem um código cego em que a dor e o medo não entram, a vida do homem e seus escassos recursos não contam, apenas se contabiliza a sublime loucura que leva ao martírio e à morte. Com que direito pedem vocês a minha morte, que eu não volte a olhar o sol, nunca mais sorva a cerveja gelada e a noite insone?

Talvez o cheque de um sonho que você nunca teve coragem de viver até o fim esteja no meu bolso, na minha consciência dolorida. Estou a gastá-lo em seu lugar. Queimo-me para que você durma tranqüilo, a tecer planos que a semana seguinte desfará. Não serei acaso a soma do teu fracasso, dos nossos companheiros, dos que se foram, e dos que ainda vivem? Cada moeda que consumo mal respirando é o preço da sua ilusão. É a vida de um homem como eu que se escorrega entre os seus dedos e você não salva.

Não quero mais feri-lo, Zé. Trago o punhal de volta para a minha cintura. De que me serve passar-lhe a dor que precisa ser minha. Em troca, fico com a vida. Ainda que uma vida medrosa e acuada. Não sei se aceitas o meu abraço.

I Love my Husband

Eu amo meu marido. De manhã à noite. Mal acordo, ofereço-lhe café. Ele suspira exausto da noite sempre maldormida e começa a barbear-se. Bato-lhe à porta três vezes, antes que o café esfrie. Ele grunhe com raiva e eu vocifero com aflição. Não quero meu esforço confundido com um líquido frio que ele tragará como me traga duas vezes por semana, especialmente no sábado.

Depois, arrumo-lhe o nó da gravata e ele protesta por consertar-lhe unicamente a parte menor de sua vida. Rio para que ele saia mais tranqüilo, capaz de enfrentar a vida lá fora e trazer de volta para a sala de visitas um pão sempre quentinho e farto.

Ele diz que sou exigente, fico em casa lavando a louça, fazendo compras, e por cima reclamo da vida, enquanto ele constrói o seu mundo com pequenos tijolos. E, ainda que alguns destes muros venham ao chão, os amigos o cumprimentam pelo esforço de criar olarias de barro, todas sólidas e visíveis.

A mim também me saúdam por alimentar um homem que sonha com casas-grandes, senzalas e mocambos, e assim faz o país progredir. E é por isso que sou a sombra do homem que todos dizem eu amar. Deixo que o sol entre pela casa, para dourar os objetos comprados com o esforço comum. Embora ele não me cumprimente pelos objetos fluorescentes. Ao contrário, através da certeza do meu amor, proclama que não faço outra coisa senão consumir o dinheiro que ele arrecada no verão. Eu peço então que compreenda minha nostalgia por uma terra antigamente trabalhada pela mulher, ele franze o rosto como se eu lhe estivesse propondo uma teoria que envergonha a família e a escritura definitiva do nosso apartamento.

O que mais quer, mulher, não lhe basta termos casado em comunhão de bens? E, dizendo que eu era parte do seu futuro, que só ele porém tinha o direito de construir, percebi que a generosidade do homem habilitava-me a ser apenas dona de um passado com regras ditadas no convívio comum.

Comecei a ambicionar que maravilha não seria viver apenas no passado, antes que este tempo pretérito nos tenha sido ditado pelo homem que dizemos amar. Ele aplaudiu o meu projeto. Dentro de casa, no forno que era o lar, seria fácil alimentar o passado com ervas e mingau de aveia, para que ele, tranqüilo, gerisse o futuro. Decididamente, não podia ele preocupar-se com a matriz do meu ventre, que devia pertencer-lhe de modo a não precisar cheirar o meu sexo para descobrir quem mais, além dele, ali estivera, batera-lhe à porta, arranhara suas paredes com inscrições e datas.

Filho meu tem que ser só meu, confessou aos amigos no sábado do mês que recebíamos. E mulher tem que ser só minha e nem mesmo dela. A idéia de que eu não podia pertencer-me, tocar no meu sexo para expurgar-lhe os excessos, provocou-me o primeiro sobressalto na fantasia do passado em que até então estivera imersa. Então o homem, além de me haver naufragado no passado, quando se sentia livre para viver a vida a que ele apenas tinha acesso, precisava também atar minhas mãos, para minhas mãos não sentirem a doçura da própria pele, pois talvez esta doçura me ditasse em voz baixa que havia outras peles igualmente doces e privadas, cobertas de pêlo felpudo, e com a ajuda da língua podia lamber-se o seu sal?

Olhei meus dedos revoltada com as unhas longas pintadas de roxo. Unhas de tigre que reforçavam a minha identidade, grunhiam quanto à verdade do meu sexo. Alisei meu corpo, e pensei, acaso sou mulher unicamente pelas garras longas e por revesti-las de ouro, prata, do ímpeto do sangue de um animal abatido no bosque? Ou porque o homem adorna-me de modo a que quando tire estas tintas de guerreira do rosto surpreende-se com uma face que lhe é estranha, que ele cobriu de mistério para não me ter inteira?

De repente, o espelho pareceu-me o símbolo de uma derrota que o homem trazia para casa e tornava-me bonita. Não é verdade que te amo, marido? perguntei-lhe enquanto lia os jornais, para instruir-se, e eu varria as letras de imprensa cuspidas no chão logo após ele assimilar a notícia. Pediu, deixe-me progredir, mulher. Como quer que eu fale de amor quando se discutem as alternativas econômicas de um país em que os homens para sustentarem as mulheres precisam desdobrar um trabalho de escravo.

Eu lhe disse, então, se não quer discutir o amor, que afinal bem pode estar longe daqui, ou atrás dos móveis para onde às vezes escondo a poeira depois de varrer a casa, que tal se após tantos anos eu mencionasse o futuro como se fosse uma sobremesa?

Ele deixou o jornal de lado, insistiu que

eu repetisse. Falei na palavra futuro com cautela, não queria feri-lo, mas já não mais desistia de uma aventura africana recém-iniciada naquele momento. Seguida por um cortejo untado de suor e ansiedade, eu abatia os javalis, mergulhava meus caninos nas suas jugulares aquecidas, enquanto Clark Gable, atraído pelo meu cheiro e o do animal em convulsão, ia pedindo de joelhos o meu amor. Sôfrega pelo esforço, eu sorvia água do rio, quem sabe em busca da febre que estava em minhas entranhas e eu não sabia como despertar. A pele ardente, o delírio e as palavras que manchavam os meus lábios pela primeira vez, eu ruborizada de prazer e pudor, enquanto o pajé salvava-me a vida com seu ritual e seus pêlos fartos no peito. Com a saúde nos dedos, da minha boca parecia sair o sopro da vida e eu deixava então o Clark Gable amarrado numa árvore, lentamente comido pelas formigas. Imitando a Nayoka, eu descia o rio que quase me assaltara as forças, evitando as quedas-d'água, aos gritos proclamando liberdade, a mais antiga e miríade das heranças.

O marido, com a palavra futuro a boiar-lhe nos olhos e o jornal caído no chão, pedia-me, o que significa este repúdio a um ninho de amor, segurança, tranqüilidade, enfim a nossa maravilhosa paz conjugal? E acha você, marido, que a paz conjugal se deixa amarrar com os fios tecidos pelo anzol, só porque mencionei esta palavra que te entristece, tanto que você começa a chorar discreto, porque o teu orgulho não te permite o pranto convulso, este sim, reservado à minha condição de mulher? Ah, marido, se tal palavra tem a descarga de te cegar, sacrifico-me outra vez para não ver-te sofrer. Será que apagando o futuro agora ainda há tempo de salvar-te?

Suas crateras brilhantes sorveram depressa as lágrimas, tragou a fumaça do cigarro com volúpia e retomou a leitura. Dificilmente se encontraria homem como ele no nosso edifício de dezoito andares e três portarias. Nas reuniões de condomínio, a que estive presente, era ele o único a superar os obstáculos e perdoar aos que o haviam magoado. Recriminei meu egoísmo, ter assim perturbado a noite de quem merecia recuperar-se para a jornada seguinte.

Para esconder minha vergonha, trouxe-lhe café fresco e bolo de chocolate. Ele aceitou que eu me redimisse. Falou-me das despesas mensais. Do balanço da firma ligeiramente descompensado, havia que cuidar dos gastos. Se contasse com a minha colaboração, dispensaria o sócio em menos de um ano. Senti-me feliz em participar de um ato que nos faria progredir em doze meses. Sem o meu empenho, jamais ele teria sonhado tão alto. Encarregava-me eu a distância da sua capacidade de sonhar. Cada sonho do meu marido era mantido por mim. E, por tal direito, eu pagava à vida com cheque que não se poderia contabilizar.

Ele não precisava agradecer. De tal modo atingira a perfeição dos sentimentos, que lhe bastava continuar em minha companhia para querer significar que me amava, eu era o mais delicado fruto da terra, uma árvore no centro do terreno de nossa sala, ele subia na árvore, ganhava-lhe os frutos, acariciava a casca, podando seus excessos.

Durante uma semana bati-lhe à porta do banheiro com apenas um toque matutino. Disposta a fazer-lhe novo café, se o primeiro esfriasse, se esquecido ficasse a olhar-se no espelho com a mesma vaidade que me foi instilada desde a infância, logo que se confirmou no nascimento tratar-se de mais uma mulher. Ser mulher é perder-se no tempo, foi a regra de minha mãe. Queria dizer, quem mais vence o tempo que a condição feminina? O pai a aplaudia completando, o tempo não é o envelhecimento da mulher, mas sim o seu mistério jamais revelado ao mundo.

Já viu, filha, que coisa mais bonita, uma vida nunca revelada, que ninguém colheu senão o marido, o pai dos seus filhos? Os ensinamentos paternos sempre foram graves, ele dava brilho de prata à palavra envelhecimento. Vinha-me a certeza de que, ao não se cumprir a história da mulher, não lhe sendo permitida a sua própria biografia, era-lhe assegurada em troca a juventude.

Só envelhece quem vive, disse o pai no dia do meu casamento. E porque viverás a vida do teu marido, nós te garantimos, através deste ato, que serás jovem para sempre. Eu não sabia como contornar o júbilo que me envolvia com o peso de um escudo, e ir ao seu coração, surpreender-lhe a limpidez. Ou agradecer-lhe um estado que eu não ambicionara antes, por distração talvez. E todo este troféu logo na noite em que ia converter-me em mulher. Pois até então sussurravam-me que eu era uma bela expectativa. Diferente do irmão que já na pia batismal cravaram-lhe o glorioso estigma de homem, antes de ter dormido com mulher.

Sempre me disseram que a alma da mulher surgia unicamente no leito, ungido seu sexo pelo homem. Antes dele a mãe insinuou que o nosso sexo mais parecia uma ostra nutrida de água salgada, e por isso vago e escorregadio, longe da realidade cativa da terra. A mãe gostava de poesia, suas imagens sempre frescas e quentes.

Meu coração ardia na noite do casamento. Eu ansiava pelo corpo novo que me haviam prometido, abandonar a casca que me revestira no cotidiano acomodado. As mãos do marido me modelariam até os meus últimos dias e como agradecer-lhe tal generosidade? Por isso talvez sejamos tão felizes como podem ser duas criaturas em que uma delas é a única a transportar para o lar alimento, esperança, a fé, a história de uma família.

Ele é o único a trazer-me a vida, ainda que às vezes eu a viva com uma semana de atraso. O que não faz diferença. Levo até vantagens, porque ele sempre a trouxe traduzida. Não preciso interpretar os fatos, incorrer em erros, apelar para as palavras inquietantes que terminam por amordaçar a liberdade. As palavras do homem são aquelas de que deverei precisar ao longo da vida. Não tenho que assimilar um vocabulário incompatível com o meu destino, capaz de arruinar meu casamento.

Assim fui aprendendo que a minha consciência, que está a serviço da minha felicidade, ao mesmo tempo está a serviço do meu marido. É seu encargo podar meus excessos, a natureza dotou-me com o desejo de naufragar às vezes, ir ao fundo do mar em busca das esponjas. E para que me serviriam elas senão para absorver meus sonhos, multiplicá-los no silêncio borbulhante dos seus labirintos cheios de água do mar? Quero um sonho que se alcance com a luva forte e que se transforme algumas vezes numa torta de chocolate, para ele comer com os olhos brilhantes, e sorriremos juntos.

Ah, quando me sinto guerreira, prestes a tomar das armas e ganhar um rosto que não é o meu, mergulho numa exaltação dourada, caminho pelas ruas sem endereço, como se, a partir de mim, e através do meu esforço, eu devesse conquistar outra pátria, nova língua, um corpo que sugasse a vida sem medo e pudor. E tudo me treme dentro, olho os que passam com um apetite de que não me envergonharei mais tarde. Felizmente, é uma sensação fugaz, logo busco o socorro das calçadas familiares, nelas a minha vida está estampada. As vitrines, os objetos, os seres amigos, tudo enfim orgulho da minha casa.

Estes meus atos de pássaro são bem indignos, feririam a honra do meu marido. Contrita, peço-lhe desculpas em pensamento, prometo-lhe esquivar-me de tais tentações. Ele parece perdoar-me a distância, aplaude minha submissão ao cotidiano feliz, que nos obriga a prosperar a cada ano. Confesso que esta ânsia me envergonha, não sei como abrandá-la. Não a menciono senão para mim mesma. Nem os votos conjugais impedem que em escassos minutos eu naufrague no sonho. Estes votos que ruborizam o corpo mas não marcaram minha vida de modo a que eu possa indicar a rugas que me vieram através do seu arrebato.

Nunca mencionei ao marido estes galopes perigosos e breves. Ele não suportaria o peso dessa confissão. Ou que lhe dissesse que nestas tardes penso em trabalhar fora, pagar as miudezas com meu próprio dinheiro. Claro que estes desatinos me colhem justamente pelo tempo que me sobra. Sou uma princesa da casa, ele me disse algumas vezes e com razão. Nada pois deve afastar-me da felicidade em que estou para sempre mergulhada.

Não posso reclamar. Todos os dias o marido contraria a versão do espelho. Olho-me ali e ele exige que eu me enxergue errado. Não sou em verdade as sombras, as rugas com que me vejo. Como o pai, também ele responde pela minha eterna juventude. É gentil de sentimentos. Jamais comemorou ruidosamente meu aniversário, para eu esquecer de contabilizar os anos. Ele pensa que não percebo. Mas a verdade é que no fim do dia já não sei quantos anos tenho.

E também evita falar do meu corpo, que se alargou com os anos, já não visto os modelos de antes. Tenho os vestidos guardados no armário, para serem discretamente apreciados. Às sete da noite, todos os dias, ele abre a porta sabendo que do outro lado estou à sua espera. E quando a televisão exibe uns corpos em floração, mergulha a cara no jornal, no mundo só nós existimos.

Sou grata pelo esforço que faz em amar-me. Empenho-me em agradá-lo, ainda que sem vontade às vezes, ou me perturbe algum rosto estranho, que não é o dele, de um desconhecido sim, cuja imagem nunca mais quero rever. Sinto então a boca seca, seca por um cotidiano que confirma o gosto do pão comido às vésperas, e que me alimentará amanhã também. Um pão que ele e eu comemos há tantos anos sem reclamar, ungidos pelo amor, atados pela cerimônia de um casamento que nos declarou marido e mulher. Ah, sim, eu amo o meu marido.

FINISTERRE

Abracei-o e disse, esta então é a Ilha Prometida? Fez que sim com a cabeça. Há muito eu devia-lhe a visita, cruzar o mar, aproximar-me dos relevos da Ilha, juntos haveríamos de comer do mesmo pão.

Tinha agora setenta anos, mas bem mais jovem havia-me tomado nos braços e arrastou-me até a pia batismal. Esperei que chegasse antes da minha morte, confessou. Tomei-lhe a mão, vamos passear. Sinto-me livre pela primeira vez em muitos anos. Ele aceitou que eu mergulhasse na nova terra através da sua sabedoria. Havia nele reservas de luz e ainda uma sombra que eu contornava para não esbarrar contra as árvores.

Em casa, me fez servir o café. Traguei como se fosse suor. Ele aprovou que eu esquecesse a amargura da grande cidade, os desfalecimentos da vida anterior. Se ficasse aqui ao menos dois dias, eu lavaria sua alma. Agradeci, mas meus compromissos eram de cruzar novamente o mar, deixar a Ilha, evitá-la quem sabe no futuro.

Os amigos apareceram. Pepe, Juan, Antonio, quem mais? Faltam muitos ainda? Muitos, disse-me, todos na Ilha são amigos, e aos inimigos engulo como a sopa acalentada com o sopro das minhas gengivas de velho. Ri com o seu ímpeto pelo combate, por ainda precisar viver. Aprenderei com o senhor a resistir aos vendavais e às pestes. Sorriu com o elogio que lhe soou póstumo. Quando você era pequena, intuí que me daria trabalho. E isto porque desejava acompanhar seu destino aonde quer que você fosse. É deste modo que eu amo.

Pedi ao padrinho que me explicasse a mim mesma, eu queria provar-me como se fosse um vinho rascante. Sim, você crescia frondosa, e não me levava o nome. Mas em todas as solenidades estive perto. Acompanhei-te na primeira comunhão, nas formaturas, nas vigílias, te imaginei na penumbra fazendo-se mulher. Não tive filhos, talvez te nomeasse filha para privar com um sentimento que só intuí através de você. Você foi o segundo amor que tive, o primeiro destinei à minha mulher, que também amas, olha-nos ela agora à distância, ingênua e criança. Parece que não envelheceu. Sou quem lhe preserva a juventude. Ama-me sem saber que rejuvenesce graças ao meu empenho. Sou quem lhe oferece a custódia da juventude. E você, como se fará jovem um dia, se não estarei vivo para salvar-te?

Olhei-o firme, fique tranqüilo, padrinho, hei-de salvar-me à custa dos próprios escombros. Por isso vim à Ilha, recolher força e origem, terei então vida por tempo ilimitado. Abraçou-me outra vez. Te introduzi à natureza desta terra, à comida dos ancestrais, mesmo aos mariscos te introduzi, e a que mais devo levar-te para que abandones a Ilha pródiga e cheia de fontes? Verá que me faço forte entre a gente do meu povo, e com a memória dessas pedras, desses arbustos. Vamos agora almoçar, ele comandou.

Primeiro, os siris alerta, patas movediças que me ameaçavam levar às costas vermelhas, ao Finisterre. Resisti a que eles me expulsassem da sala só porque haviam habitado primeiro as pedras amarradas à Ilha. Por vingança, esmaguei-lhes as patas, suguei seus tentáculos. No entanto, eram miúdos e inofensivos. A dor maior seria alimentar-me dos centolhos, eles, sim, gigantes dos mares de Sinbad, povoando a costa espanhola para alertar o espírito de Ignacio, obscurantista e mago. Ocupavam os centolhos o centro da mesa, cedi-lhes meu lugar e, ao mais robusto da espécie, disse, querendo te convido a bailar a valsa dos quinze anos.

O animal escancarou a boca, eu ignorava se tinha sexo, se me queria devorar, ou se bastava que eu lhe enfiasse o dedo pelas entranhas, para banhar-me de suas vísceras e de suas correntes marítimas. Onde se localizaria o coral desta criatura de patas terrestre, logo o coral, a parte menos intransigente do seu corpo e a mais saborosa? Padrinho, busque o coral para mim, é terno, vermelho, ligeiramente amargo, e se não me cuido ele me devora, mas quero comê-lo com a boca aflita, hesitante, orgulhosa.

Com o garfo, ele mergulhou diversas vezes nas entranhas do crustáceo, e trouxe-me como um caçador de esponjas o coral ambicionado. Mastiguei a delicada porção de olhos fechados, fazendo amor com um coral nascido de recantos primevos, de uma carapaça mais antiga e sólida que a minha pele. Padrinho, com que direito exalto a tua terra, envelheço comendo os teus animais maliciosos, que têm espírito de ilha, sem serem ingleses, colonialistas educados.

O padrinho premiou-me com mexilhões, que, estúpidos e ambiciosos, deixam-se prender às plataformas imitando terra. Depois, as amêijoas, as vieiras, sim, elas próprias arrastando o denodo das peregrinações jacobinas. Até onde iremos com tantas referências culturais, padrinho. Para mim, a vieira é ainda a concha peregrina de Santiago. Os peregrinos as mergulhavam nas águas boas e nas águas más, ao longo do trajeto, a vida dependia delas, queriam evitar os poços e os riachos envenenados. Ou mesmo as questões de fé.

Ele pressentiu que o vinho e os animais da casa me perturbavam. Contrário a ele, que jamais perderia as próprias raízes quando eu tomasse o barco de regresso. Cabia-lhe, pois, cuidar que eu levasse de volta ao Brasil os mesmos olhos com que chegara. Sem perder a nacionalidade, este cravo espetado no coração. Padrinho, sou uma brasileira aflita com as trilhas do mundo. Assim, até um centolho ameaça o meu futuro, força-me à vigília, ensina-me a honra e a incerteza ao mesmo tempo.

Trouxe o cozido banhado de luar e gordura. Aquele porco precisamente havia sido educado distante dos detritos marítimos, capazes todos de deformarem a melhor carne que um animal da terra teria a oferecer-nos. Mas, para que também usufruísse da Ilha, permitiram ao porco absorver o cheiro do mar, a maresia não lhe estragava a carne. Durante a semana, alimentava-se de milho, mas aos sábados e domingos o regalavam com castanhas e batatas. Prove desta maravilha, afilhada, até Deus perdoa este pecado de orgulho.

Com os olhos cerrados mastiguei a carne, garanti-lhe a sobrevivência na memória. Pelo resto da vida hei de cantar esta carne, padrinho. Ele apreciou que também eu tivesse recebido a educação que identificava os sumarentos detalhes cultivados por eles, a vida não podia ser frugal, seca, sem ilusões. A vida, afilhada, deve permitir excessos. Beijei-lhe a mão, levada pela emoção e pelo vinho tinto que borrava a taça de porcelana. Meus lábios emitiam sons com dificuldade e, apesar da civilização *gallega,* eu lutava pela fala.

O repasto estendeu-se por duas horas. O padrinho exibia os tesouros que eu tomava nos braços. Dirigia-me a eles conhecendo-lhes origem, paladar, razão de ser. Afinal, saíra do ventre montanhês daquela raça, eu os havia deixado levada por correntes marítimas, assim poderia regressar a ela sempre que quisesse, especialmente porque os ibéricos navegavam assaltados pela emoção. E havia ainda a morrinha, que não é o cheiro deformado da carne, mas a deformação da saudade – consentindo que eu a tomasse no peito, a espargir-me com seu espírito de aventura.

Salve a terra, padrinho. A que terra queres homenagear, afilhada? A terra do mundo, a terra em que pisamos todos ao mesmo tempo. A terra em que se voa através dos sonhos, como nos ensinaram os celtas, estes desgraçados irlandeses, a que nos filiamos. Só que não quero, como os druidas, matar, apesar da minha paixão pelas árvores, as pedras, a noite que nos perde. Ele sorriu, depois do conhaque, vou te levar pelos caminhos da Ilha.

Repousamos meia hora. Ele me prometera a eternidade se saísse viva da Ilha. Hás de dominar a arma que enfiem em teu corpo. Comprometi-me com ele que sobreviver era a mais longa aprendizagem. Andando pela Ilha, a brisa das rias *gallegas* me sufocava. Devia respirar com naturalidade para apossar-me do próprio corpo, que me parecia novo agora. A quem mais preciso conhecer para conhecer a todos? O padrinho riu, sei da tua inquietação, mas respeite minha capacidade de surpreender-te. Pedi-lhe desculpas em nome de uma voracidade que estava em todas as partes. Acaso aprenderia a viver em paz com ela?

Tomou minha mão, não te quero apaziguada, ainda que eu já tenha morrido. Você é a minha última certeza. E, se sobreviver a mim, terei prolongado minha vida na terra. Saberia ele realmente da minha vida, se lhe escondi sempre as sombras retocadas com uma breve luz? Mas, ofertando-me a terra, ele simplesmente identificava minha vocação para a vida. Disse-lhe, sou o céu e o inferno entrelaçados. Pareceu não se importar. Veja aquela roca, indicou-me a única parte alta da Ilha, uma vegetação carbonizada.

Não é verdade que quis ser pássaro na infância, e sonhou desprender-se dali? Concordou e acelerou em seguida os passos. Tinha hábito de correr, apesar da idade. Atravessei o Atlântico, as terras castelhanas, as rias, e o que mais vencerei para ouvir-te, padrinho? Visitemos agora os que se aprontam para morrer. Através da piteira expulsava nervoso a fumaça do cigarro. Não tragava nenhuma espécie de vida por muito tempo.

Detivemo-nos diante do sobrado de pedras de dois andares, pertencente a um ramo materno. Ali, o padrinho aprofundaria o orgulho que sentia por mim. Eu era parte da América onde ele desbravara certos sonhos, dobrara-os entre as camisas, as calças, os paletós, e objetos domésticos, até trazê-los de volta. O meu rosto, embora exaustivamente descrito por ele, haveria de constituir-se de verdade à medida que me expunha à curiosidade pública.

Abriu o portão, chegou a hora, confessou. Segui-o pelas escadas, do lado de fora da casa. Do segundo andar, via-se o mar cercando a Ilha em círculos. Uma Ilha ocupada, pensei, entretida com pêssegos, peixes, pescadores, redes, quem sabe arpões. Sejam bem-vindos, dizia Maruxa esmagando-me com afagos. O corpo pronto ressentindo-se com os sucessivos atos de apertar as mãos, beijar rostos, recuperar gestos que os ancestrais instauraram entre nós na esperança de que os copiássemos.

Sentada à mesa com farta fruteira no centro, de tal modo iludi-me com o amor que em vez de frutas pensei ver mariscos manietados com barbantes. Eu mastigava homens, mulheres, crianças, para não esquecê-los. Viera da América com visível sinal de antropofagia. Havia chegado o momento da América recolher de volta os tesouros, arrastá-los até as naus prontas para o embarque. Em todos os portos, eu dispunha de barcos.

Agradeci o café com gestos galantes, que eles entenderiam. São raros, aliás, os que compreendem os sintomas da galanteria. Alguns chegam a pensar que é expressão de um sistema decadente, outros a tomam como disfarce de verdade que não ousa vir à tona. Quando ser galante é agradecer a fruta trazida na bandeja e que talvez te incomode no futuro, mas de que não se pode privar se realmente almeja-se a vida, a coragem de privar com os costumes humanos. E ser galante, padrinho, não é evitar a morte alheia por motivos fúteis?

Tinha o padrinho posição firme a respeito. Galanteria para ele era a prova da estima universal. Através dela concede-se ao próximo a honra de viver com dignidade, em troca da mesma honra que acabou ele de nos assegurar. Exatamente, essas teriam sido minhas palavras se eu já dispusesse de uma linguagem. Logo eu que viera à Ilha em busca da minha futura expressão. E, se cedo não admitisse a Ilha e o seu fundo de mar atapetado de náufragos e iodo, não mereceria a linguagem que começava a organizar-se em mim como uma longa civilização cujo rosto se temeu sempre desvendar. Vim para saber, padrinho. Não, você veio para reconhecer-se. E repartiu entre os presentes a broa fresca, prove deste pão amassado com amor.

Enquanto eu esforçava-me em homenagear aquela casa, o padrinho começou a fotografar-me. Fixava com avidez inesperada instantes dos quais eu viria envergonhar-me. Vergonha de não ter sentido forte, de não ter avaliado a intensidade daquele domingo numa Ilha *gallega*. Eu não queria que ele me regalasse um dia com a visão de um passado sem alma. De que serve o futuro povoado de retratos amarelos?

Em torno da mesa, discutiam-se os rumos da Ilha. Do barco à vela haviam passado à lancha a vapor sem se terem dado conta, conciliados com os novos tempos. Ponderei-lhes que avanços muitas vezes dificultavam o julgamento do que éramos enquanto vivíamos. Quer você dizer que abdicamos de nossas identidades? interrompeu-me Maruxa. Ao contrário, ninguém havia perdido um retrato que não chegou a existir. O que em seu lugar existiu, sim, foi um pobre desenho de linhas frágeis e apagadas com o qual mal nos identificávamos. Quem sabe em futuro próximo teremos mãos exigentes e firmes com que desenhar os contornos reais de nossas faces interiores. Maruxa pediu, fique alguns dias na Ilha. Me cederiam o quarto com balcão florido, diante do mar, para eu meditar intensamente. Há de sentir-se inspirada, insinuava-me a criação.

Infelizmente, partiria naquela noite. A Ilha era um perigo que devia evitar. Especialmente aquela com regaço de calor, peixe, memória. Olhei o padrinho e transferi-lhe a narrativa. Que nos contasse a história de González. Perdido de amor na adolescência, empenhou a palavra de regalar à Ilha bens que correspondessem às suas fantasias e à sua paixão. Levou precisamente quarenta anos para cumprir a promessa. Mas, quando desembarcou no cais, largou sua preciosa carga ali mesmo, e seguiu para a taberna. Quanto mais bebia do vinho negro mais fugia da casa da amada, agora velha cuidando da horta. Ali ficou para sempre repetindo, se mergulho na casa do nascimento, ou na casa da paixão, terei destruído meu difícil sonho. Em verdade, eu nunca voltei à Ilha.

O padrinho orgulhava-se de uma Ilha que concebera excêntricos. Somos todos assim, afilhada. E pediu-me, com clemência, jamais abdique da sua altivez. Maruxa disse: vamos para o quarto, a avó nos espera. Ela tinha completado noventa anos na semana passada, com a família toda em torno sem saber se lhe celebravam a festa, ou devotavam-se aos seus funerais. A avó podia morrer a qualquer instante, e sua morte não os desesperava. A avó era como a árvore do quintal. Quando enterrassem seus galhos secos, suas folhas fenecidas, o que havia enfim sobrado dela, as raízes da mulher ficariam em cima da terra, entre eles. Tudo continuaria a crescer após aquela morte.

Pedi com o olhar socorro ao padrinho. Por que visitar uma mulher querendo morrer no momento exato em que lhe invadíssemos o quarto, em protesto contra a minha presença, ou para deixar-me como amável lembrança a cena da sua morte. O padrinho apressou-me, devíamos todos participar das despedidas. Obedeci sem lhe confessar o quanto temia seguir naquela hora o destino da velha. Em cada homem que morria eu presenciava a minha morte.

Haviam-me descrito a avó como uma velha graúda, de vigor camponês, no seu tempo de ouro. Igualmente capaz de estripar animais, mexer-lhes as vísceras, e preparar-se jubilosa para as festas de agosto. Mas não me iludisse agora com seu estado, a vida atual desmentia o que havia sido. Logo acostumei-me à luz pálida do quarto. A avó no leito vestia-se com uma camisola branca rendada, um traje de noiva reluzente, e mal percebia-se a respiração saída do seu corpo calcinado.

O padrinho falou-lhe, perto do ouvido,

como vai, dona Amparo, bonita como sempre? Tais palavras feriam-me o coração, eu não compreendia uma retórica que corrompera os séculos e destinara escravos para as minas africanas. Era um absurdo pretender trazê-la à vida. Com que direito o padrinho desafiava a natureza humana a merecer a última homenagem. Acaso não via que Amparo havia morrido, eu chegara tarde para salvá-la. Ou será que as ervas da América também faziam parte do sonho daquele povo?

O padrinho insistia, não quer conhecer minha afilhada, dona Amparo? Olhe que ela atravessou o Atlântico especialmente para trazer-lhe o abraço de um país novo. Veja a senhora, um país que se intitula novo, pode ser tão novo assim? Sem dúvida, ele me provocava. E, se era eu herdeira daquele homem, precisava enfrentá-lo do mesmo modo como ele disputava com a vida o direito de reformá-la. Bem perto da velha, medi-lhe a respiração. E ela vivia. Só não sabia se eu lhe dera a vida, ou ela sim que me estimulava a viver ao seu lado. Os gestos do padrinho, porém, me superavam. Tanto podia ele desembainhar a espada, como simplesmente acariciar a testa de Amparo. Em nenhum momento demonstrou sofrer com a presença de uma velha morrendo a sua frente.

Inquieta, pensei, acaso me quer aplaudindo o espetáculo de uma cultura a que não posso pertencer, e isto porque vim de muito longe? Ele prosseguia no combate, queria a velha de volta à terra. Dizia seu nome e aguardava que ela obedecesse. Finalmente, ela abriu os olhos, sorriu e disse, para eu jamais esquecer, ah, meu amigo, esta é a afilhada que veio daquela América que tragou nossos homens!

O retorno à vida por parte da velha obrigou a família a festejar em torno da cama. Haviam vencido um dia, razão pela qual transferiam a cerimônia fúnebre para a manhã seguinte. Hoje não tinham por que preocupar-se. A velha acabara de triunfar sobre a morte. E eu testemunhara o momento histórico de uma luta iniciada noventa anos atrás e cujo desfecho previa-se para segunda-feira. O padrinho alegrava-se, vejam, minha afilhada trouxe sorte, isto prova que ela originou-se deste povo. Observem as feições do seu rosto que preservei com a minha máquina fotográfica!

Constrangia-me que me ameaçasse de perto. Como parte dos festejos, ofereceram copos de xerez. Todos os brindes eram para a velha que recusara a morte em um dia de sol. Apreciei a doce intensidade do vinho. E exaltei com o olhar os escombros da velha cujo corpo encolhido parecia o de uma criança, suspeitei que haviam-lhe extirpado alguns ossos. A morte é sua melhor amiga, pensei, imaginando o sopro invisível e dizimador como o último reparo na forma humana. Já sonhava em afastar-me daquela casa, quando o padrinho tomou da máquina, agora que nos reunimos todos, quero fotografá-los em torno de dona Amparo.

Logo reservaram-me o lugar mais próximo à velha, cabendo-me pois tomar-lhe a mão semidesfalecida, e enxugar-lhe as rugas com a minha vitalidade e sorrir. Olhei o padrinho severa, para ele ao menos entender o quanto me ultrajava. Mas ele ocupava-se com a distância, o foco de luz, com o futuro. Maruxa apressava-se em pentear a velha, combatia os fios rebeldes, que lhe vieram diretamente da juventude. Por sua vez, dona Amparo esforçava-se em abrir os olhos, não queria morrer enquanto a fotografassem. Sem saber o que fazer, curvei-me para alcançar-lhe a mão, e estreitando-a entre meus dedos temi que a vida escapasse pelas suas unhas. Rápido, tampei-as com o meu calor, empenhada em que a vida lhe voltasse pelos mesmos canais que a queriam desfalcar de esperança e sangue.

Ela melhorou com meu ato de heroísmo. O padrinho continuava a exigir sorrisos. Eu não sabia se lhe mostrava dentes rijos que arrancaram outrora a carne com ímpeto do seu vôo faminto. Ou exibia-lhe os lábios cerrados, um grave muro de silêncio. Devia porém esforçar-me, ser natural como os que bebem o sumo das laranjas, tangerinas, bergamotas. Combater toda aflição com a certeza da vida no bolso.

Comecei a usufruir da velha como se tivesse ela vinte anos. De cabelos negros, ela apareceu-me ofertando um pente. Foi o pente das minhas núpcias, veja os fios que ainda enrolam-se em seus dentes de madrepérola. Também o pente e a tua futura morte devo levar de volta à América? quis perguntar-lhe. E, antes que me respondesse, o padrinho condenava-me a outros ângulos. Por favor, fiquem à vontade. Eu me entregava àquela orgia disposta a mudar a minha vida. Mas, que vida, afinal. A vida que herdei, a vida que fabriquei, a vida que me impuseram, a vida que não terei, ou a vida proibida, que não está na casca da pele, mas na pele íntima do sangue?

Ansioso em fixar-nos para a eternidade, o padrinho impunha-me a memória e a crença do seu povo. Eu via-lhe o modo de conquistar o meu sangue e a minha emoção. Dentro das minhas mãos a velha revivia lentamente, tal o orgulho pelas suas últimas fotografias. Mas só pude depositar a mão da velha sobre a colcha quando o padrinho cansou-se. Então, deixei o quarto sem olhar para trás, ou consultá-lo. Exigi que me salvasse, me levasse para longe. Distantes dali, quis ainda comover-me com a história da roca dos seus sonhos. Protestei firme, senão me inventa outras narrativas, porque só amo histórias inventadas, já que as nossas são tão pobres, passarei a recordar os banquetes da minha infância em tudo parecidos ao banquete desta tarde em sua casa.

Afinal, eu só voltaria à Ilha em alguns anos. E as cartas não trafegam com a mesma velocidade do nosso olhar naquele instante exultante. Abraçou-me e passou a falar dos celtas, dos ibéricos, dos visigodos, que se uniram de tal modo que seria hoje difícil isolá-los, pois um só rosto *gallego* muito tem de cada um, e eles próprios neste rosto jamais poderiam reconhecer-se ou indicar que parte dele originou-se da força dos seus sangues.

Em casa, repousamos. Sua irmã, que apesar da idade ainda cuidava da horta, garantiu-me, se fica alguns dias, dificilmente nos deixará. E isto porque a vida é lenda, e, como tal, nós a dispersamos. Já viu como os pescadores mais do que peixes pescam histórias com suas redes? Que esplêndida promessa. A espécie humana afugentando a pobreza. Sempre safras abundantes e palavras rebeldes. Hesitei por segundos. Mas havia um continente que me aguardava, jamais o deixaria, nele incrustava-se a minha terra. O padrinho compreenderia a minha fidelidade por aquele país do outro lado do Atlântico, especialmente ele que ali tivera a alma conspurcada pelo futuro.

Padrinho, quem de nós estará um dia vivo nos retratos que o senhor tirou? Tomou seu café devagar, vi-lhe lágrimas nos olhos. Soube então que a visita estava terminada. Ainda que novos amigos chegassem trazendo os esplêndidos frutos da Ilha.

Quando o sino da igreja repicou para a novena de maio, ele pegou um pacote, ali estava o meu presente. Expulsava-me da casa com a segurança de me saber agora rica. O barco deixaria logo a Ilha. Vieram todos ao cais para as despedidas, alguns em casa cuidariam da ceia. O padrinho à frente abria o caminho para eu vencer os últimos obstáculos. Beijei-o algumas vezes, fui à testa. Naquela fronte eu surpreendera luz, o farol cercando as águas. Até breve, padrinho. Hoje, ou amanhã, sempre nos veremos, disse ele comovido. Repassei na memória os anos de sua vida, para não esquecer. Somos de raça forte, não é, padrinho? Abraçamo-nos ainda, e logo o marinheiro me jogou dentro da lancha que se afastava depressa. Me pareceu ter visto o padrinho chorar, ele disfarçava abanando a mão com veemência. Adeus, gritei. Aquela Ilha era encantada, foi meu último pensamento depois que a distância nos separou para sempre.

Coleção **L&PM** POCKET (Lançamentos mais recentes)

205. **Você deve desistir. Osvaldo** – Cyro Martins
206. **Memórias de Garibaldi** – A. Dumas
207. **A arte da guerra** – Sun Tzu
208. **Fragmentos** – Caio Fernando Abreu
209. **Festa no castelo** – Moacyr Scliar
210. **O grande deflorador** – Dalton Trevisan
212. **Homem do princípio ao fim** – Millôr Fernandes
213. **Aline e seus dois namorados** – A. Iturrusgarai
214. **A juba do leão** – Sir Arthur Conan Doyle
215. **Assassino metido a esperto** – R. Chandler
216. **Confissões de um comedor de ópio** – T. De Quincey
217. **Os sofrimentos do jovem Werther** – Goethe
218. **Fedra** – Racine / Trad. Millôr Fernandes
219. **O vampiro de Sussex** – Conan Doyle
220. **Sonho de uma noite de verão** – Shakespeare
221. **Dias e noites de amor e de guerra** – Galeano
222. **O Profeta** – Khalil Gibran
223. **Flávia, cabeça, tronco e membros** – M. Fernandes
224. **Guia da ópera** – Jeanne Suhamy
225. **Macário** – Álvares de Azevedo
226. **Etiqueta na prática** – Celia Ribeiro
227. **Manifesto do partido comunista** – Marx & Engels
228. **Poemas** – Millôr Fernandes
229. **Um inimigo do povo** – Henrik Ibsen
230. **O paraíso destruído** – Frei B. de las Casas
231. **O gato no escuro** – Josué Guimarães
232. **O mágico de Oz** – L. Frank Baum
233. **Armas no Cyrano's** – Raymond Chandler
234. **Max e os felinos** – Moacyr Scliar
235. **Nos céus de Paris** – Alcy Cheuiche
236. **Os bandoleiros** – Schiller
237. **A primeira coisa que eu botei na boca** – Deonísio da Silva
238. **As aventuras de Simbad, o marujo**
239. **O retrato de Dorian Gray** – Oscar Wilde
240. **A carteira de meu tio** – J. Manuel de Macedo
241. **A luneta mágica** – J. Manuel de Macedo
242. **A metamorfose** – Kafka
243. **A flecha de ouro** – Joseph Conrad
244. **A ilha do tesouro** – R. L. Stevenson
245. **Marx - Vida & Obra** – José A. Giannotti
246. **Gênesis**
247. **Unidos para sempre** – Ruth Rendell
248. **A arte de amar** – Ovídio
249. **O sono eterno** – Raymond Chandler
250. **Novas receitas do Anonymus Gourmet** – J.A.P.M.
251. **A nova catacumba** – Arthur Conan Doyle
252. **O dr. Negro** – Arthur Conan Doyle
253. **Os voluntários** – Moacyr Scliar
254. **A bela adormecida** – Irmãos Grimm
255. **O príncipe sapo** – Irmãos Grimm
256. **Confissões e Memórias** – H. Heine
257. **Viva o Alegrete** – Sergio Faraco
258. **Vou estar esperando** – R. Chandler
259. **A senhora Beate e seu filho** – Schnitzler
260. **O ovo apunhalado** – Caio Fernando Abreu
261. **O ciclo das águas** – Moacyr Scliar
262. **Millôr Definitivo** – Millôr Fernandes
264. **Viagem ao centro da Terra** – Júlio Verne
265. **A dama do lago** – Raymond Chandler
266. **Caninos brancos** – Jack London
267. **O médico e o monstro** – R. L. Stevenson
268. **A tempestade** – William Shakespeare
269. **Assassinatos na rua Morgue** – E. Allan Poe
270. **99 corruíras nanicas** – Dalton Trevisan
271. **Broquéis** – Cruz e Sousa
272. **Mês de cães danados** – Moacyr Scliar
273. **Anarquistas – vol. 1 – A idéia** – G Woodcock
274. **Anarquistas – vol. 2 – O movimento** – G Woodcock
275. **Pai e filho, filho e pai** – Moacyr Scliar
276. **As aventuras de Tom Sawyer** – Mark Twain
277. **Muito barulho por nada** – W. Shakespeare
278. **Elogio da loucura** – Erasmo
279. **Autobiografia de Alice B. Toklas** – G. Stein
280. **O chamado da floresta** – J. London
281. **Uma agulha para o diabo** – Ruth Rendell
282. **Verdes vales do fim do mundo** – A. Bivar
283. **Ovelhas negras** – Caio Fernando Abreu
284. **O fantasma de Canterville** – O. Wilde
285. **Receitas de Yayá Ribeiro** – Celia Ribeiro
286. **A galinha degolada** – H. Quiroga
287. **O último adeus de Sherlock Holmes** – A. Conan Doyle
288. **A. Gourmet *em* Histórias de cama & mesa** – J. A. Pinheiro Machado
289. **Topless** – Martha Medeiros
290. **Mais receitas do Anonymus Gourmet** – J. A. Pinheiro Machado
291. **Origens do discurso democrático** – D. Schüler
292. **Humor politicamente incorreto** – Nani
293. **O teatro do bem e do mal** – E. Galeano
294. **Garibaldi & Manoela** – J. Guimarães
295. **10 dias que abalaram o mundo** – John Reed
296. **Numa fria** – Charles Bukowski
297. **Poesia de Florbela Espanca** vol. 1
298. **Poesia de Florbela Espanca** vol. 2
299. **Escreva certo** – E. Oliveira e M. E. Bernd
300. **O vermelho e o negro** – Stendhal
301. **Ecce homo** – Friedrich Nietzsche
302. (7). **Comer bem, sem culpa** – Dr. Fernando Lucchese, A. Gourmet e Iotti
303. **O livro de Cesário Verde** – Cesário Verde
305. **100 receitas de macarrão** – S. Lancellotti
306. **160 receitas de molhos** – S. Lancellotti
307. **100 receitas light** – H. e Â. Tonetto
308. **100 receitas de sobremesas** – Celia Ribeiro
309. **Mais de 100 dicas de churrasco** – Leon Diziekaniak
310. **100 receitas de acompanhamentos** – C. Cabeda
311. **Honra ou vendetta** – S. Lancellotti
312. **A alma do homem sob o socialismo** – Oscar Wilde
313. **Tudo sobre Yôga** – Mestre De Rose
314. **Os varões assinalados** – Tabajara Ruas
315. **Édipo em Colono** – Sófocles
316. **Lisistrata** – Aristófanes / trad. Millôr
317. **Sonhos de Bunker Hill** – John Fante
318. **Os deuses de Raquel** – Moacyr Scliar
319. **O colosso de Marússia** – Henry Miller

320. As eruditas – Molière / trad. Millôr
321. Radicci 1 – Iotti
322. Os Sete contra Tebas – Ésquilo
323. Brasil Terra à vista – Eduardo Bueno
324. Radicci 2 – Iotti
325. Júlio César – William Shakespeare
326. A carta de Pero Vaz de Caminha
327. Cozinha Clássica – Silvio Lancellotti
328. Madame Bovary – Gustave Flaubert
329. Dicionário do viajante insólito – M. Scliar
330. O capitão saiu para o almoço... – Bukowski
331. A carta roubada – Edgar Allan Poe
332. É tarde para saber – Josué Guimarães
333. O livro de bolso da Astrologia – Maggy Harrisonx e Mellina Li
334. 1933 foi um ano ruim – John Fante
335. 100 receitas de arroz – Aninha Comas
336. Guia prático do Português correto – vol. 1 – Cláudio Moreno
337. Bartleby, o escriturário – H. Melville
338. Enterrem meu coração na curva do rio – Dee Brown
339. Um conto de Natal – Charles Dickens
340. Cozinha sem segredos – J. A. P. Machado
341. A dama das Camélias – A. Dumas Filho
342. Alimentação saudável – H. e Â. Tonetto
343. Continhos galantes – Dalton Trevisan
344. A Divina Comédia – Dante Alighieri
345. A Dupla Sertanojo – Santiago
346. Cavalos do amanhecer – Mario Arregui
347. Biografia de Vincent van Gogh por sua cunhada – Jo van Gogh-Bonger
348. Radicci 3 – Iotti
349. Nada de novo no front – E. M. Remarque
350. A hora dos assassinos – Henry Miller
351. Flush - Memórias de um cão – Virginia Woolf
352. A guerra no Bom Fim – M. Scliar
353. (1). O caso Saint-Fiacre – Simenon
354. (2). Morte na alta sociedade – Simenon
355. (3). O cão amarelo – Simenon
356. (4). Maigret e o homem do banco – Simenon
357. As uvas e o vento – Pablo Neruda
358. On the road – Jack Kerouac
359. O coração amarelo – Pablo Neruda
360. Livro das perguntas – Pablo Neruda
361. Noite de Reis – William Shakespeare
362. Manual de Ecologia – vol.1 – J. Lutzenberger
363. O mais longo dos dias – Cornelius Ryan
364. Foi bom prá você? – Nani
365. Crepusculário – Pablo Neruda
366. A comédia dos erros – Shakespeare
367. (5). A primeira investigação de Maigret – Simenon
368. (6). As férias de Maigret – Simenon
369. Mate-me por favor (vol.1) – L. McNeil
370. Mate-me por favor (vol.2) – L. McNeil
371. Carta ao pai – Kafka
372. Os vagabundos iluminados – J. Kerouac
373. (7). O enforcado – Simenon
374. (8). A fúria de Maigret – Simenon
375. Vargas, uma biografia política – H. Silva
376. Poesia reunida (vol.1) – A. R. de Sant'Anna
377. Poesia reunida (vol.2) – A. R. de Sant'Anna
378. Alice no pais do espelho – Lewis Carroll
379. Residência na Terra 1 – Pablo Neruda
380. Residência na Terra 2 – Pablo Neruda
381. Terceira Residência – Pablo Neruda
382. O delírio amoroso – Bocage
383. Futebol ao sol e à sombra – E. Galeano
384. (9). O porto das brumas – Simenon
385. (10). Maigret e seu morto – Simenon
386. Radicci 4 – Iotti
387. Boas maneiras & sucesso nos negócios – Celia Ribeiro
388. Uma história Farroupilha – M. Scliar
389. Na mesa ninguém envelhece – J. A. P. Machado
390. 200 receitas inéditas do Anonymus Gourmet – J. A. Pinheiro Machado
391. Guia prático do Português correto – vol.2 – Cláudio Moreno
392. Breviário das terras do Brasil – Assis Brasil
393. Cantos Cerimoniais – Pablo Neruda
394. Jardim de Inverno – Pablo Neruda
395. Antonio e Cleópatra – William Shakespeare
396. Tróia – Cláudio Moreno
397. Meu tio matou um cara – Jorge Furtado
398. O anatomista – Federico Andahazi
399. As viagens de Gulliver – Jonathan Swift
400. Dom Quixote - v.1 – Miguel de Cervantes
401. Dom Quixote - v.2 – Miguel de Cervantes
402. Sozinho no Pólo Norte – Thomaz Brandolin
403. Matadouro 5 – Kurt Vonnegut
404. Delta de Vênus – Anaïs Nin
405. O melhor de Hagar 2 – Dik Browne
406. É grave Doutor? – Nani
407. Orai pornô – Nani
408. (11). Maigret em Nova York – Simenon
409. (12). O assassino sem rosto – Simenon
410. (13). O mistério das jóias roubadas – Simenon
411. A irmãzinha – Raymond Chandler
412. Três contos – Gustave Flaubert
413. De ratos e homens – John Steinbeck
414. Lazarilho de Tormes – Anônimo do séc. XVI
415. Triângulo das águas – Caio Fernando Abreu
416. 100 receitas de carnes – Silvio Lancellotti
417. Histórias de robôs: vol.1 – org. Isaac Asimov
418. Histórias de robôs: vol.2 – org. Isaac Asimov
419. Histórias de robôs: vol.3 – org. Isaac Asimov
420. O país dos centauros – Tabajara Ruas
421. A república de Anita – Tabajara Ruas
422. A carga dos lanceiros – Tabajara Ruas
423. Um amigo de Kafka – Isaac Singer
424. As alegres matronas de Windsor – Shakespeare
425. Amor e exilio – Isaac Bashevis Singer
426. Use & abuse do seu signo – Marília Fiorillo e Marylou Simonsen
427. Pigmaleão – Bernard Shaw
428. As fenicias – Eurípides
429. Everest – Thomaz Brandolin
430. A arte de furtar – Anônimo do séc. XVI
431. Billy Bud – Herman Melville
432. A rosa separada – Pablo Neruda
433. Elegia – Pablo Neruda
434. A garota de Cassidy – David Goodis
435. Como fazer a guerra: máximas de Napoleão – Balzac

436. Poemas escolhidos – Emily Dickinson
437. Gracias por el fuego – Mario Benedetti
438. O sofá – Crébillon Fils
439. O "Martín Fierro" – Jorge Luis Borges
440. Trabalhos de amor perdidos – W. Shakespeare
441. O melhor de Hagar 3 – Dik Browne
442. Os Maias (volume1) – Eça de Queiroz
443. Os Maias (volume2) – Eça de Queiroz
444. Anti-Justine – Restif de La Bretonne
445. Juventude – Joseph Conrad
446. Contos – Eça de Queiroz
447. Janela para a morte – Raymond Chandler
448. Um amor de Swann – Marcel Proust
449. À paz perpétua – Immanuel Kant
450. A conquista do México – Hernan Cortez
451. Defeitos escolhidos e 2000 – Pablo Neruda
452. O casamento do céu e do inferno – William Blake
453. A primeira viagem ao redor do mundo – Antonio Pigafetta
454.(14). Uma sombra na janela – Simenon
455.(15). A noite da encruzilhada – Simenon
456.(16). A velha senhora – Simenon
457. Sartre – Annie Cohen-Solal
458. Discurso do método – René Descartes
459. Garfield em grande forma – Jim Davis
460. Garfield está de dieta – Jim Davis
461. O livro das feras – Patricia Highsmith
462. Viajante solitário – Jack Kerouac
463. Auto da barca do inferno – Gil Vicente
464. O livro vermelho dos pensamentos de Millôr – Millôr Fernandes
465. O livro dos abraços – Eduardo Galeano
466. Voltaremos! – José Antonio Pinheiro Machado
467. Rango – Edgar Vasques
468.(8). Dieta mediterrânea – Dr. Fernando Lucchese e José Antonio Pinheiro Machado
469. Radicci 5 – Iotti
470. Pequenos pássaros – Anaïs Nin
471. Guia prático do Português correto – vol.3 – Cláudio Moreno
472. Atire no pianista – David Goodis
473. Antologia Poética – García Lorca
474. Alexandre e César – Plutarco
475. Uma espiã na casa do amor – Anaïs Nin
476. A gorda do Tiki Bar – Dalton Trevisan
477. Garfield um gato de peso – Jim Davis
478. Canibais – David Coimbra
479. A arte de escrever – Arthur Schopenhauer
480. Pinóquio – Carlo Collodi
481. Misto-quente – Charles Bukowski
482. A lua na sarjeta – David Goodis
483. O melhor do Recruta Zero (1) – Mort Walker
484. Aline 2 – Adão Iturrusgarai
485. Sermões do Padre Antonio Vieira
486. Garfield numa boa – Jim Davis
487. Mensagem – Fernando Pessoa
488. Vendeta *seguido de* A paz conjugal – Balzac
489. Poemas de Alberto Caeiro – Fernando Pessoa
490. Ferragus – Honoré de Balzac
491. A duquesa de Langeais – Honoré de Balzac
492. A menina dos olhos de ouro – Honoré de Balzac
493. O lírio do vale – Honoré de Balzac
494.(17). A barcaça da morte – Simenon
495.(18). As testemunhas rebeldes – Simenon
496.(19). Um engano de Maigret – Simenon
497.(1). A noite das bruxas – Agatha Christie
498.(2). Um passe de mágica – Agatha Christie
499.(3). Nêmesis – Agatha Christie
500. Esboço para uma teoria das emoções – Sartre
501. Renda básica de cidadania – Eduardo Suplicy
502.(1). Pílulas para viver melhor – Dr. Lucchese
503.(2). Pílulas para prolongar a juventude – Dr. Lucchese
504.(3). Desembarcando o Diabetes – Dr. Lucchese
505.(4). Desembarcando o Sedentarismo – Dr. Fernando Lucchese e Cláudio Castro
506.(5). Desembarcando a Hipertensão – Dr. Lucchese
507.(6). Desembarcando o Colesterol – Dr. Fernando Lucchese e Fernanda Lucchese
508. Estudos de mulher – Balzac
509. O terceiro tira – Flann O'Brien
510. 100 receitas de aves e ovos – J. A. P. Machado
511. Garfield em toneladas de diversão – Jim Davis
512. Trem-bala – Martha Medeiros
513. Os cães ladram – Truman Capote
514. O Kama Sutra de Vatsyayana
515. O crime do Padre Amaro – Eça de Queiroz
516. Odes de Ricardo Reis – Fernando Pessoa
517. O inverno da nossa desesperança – Steinbeck
518. Piratas do Tietê (1) – Laerte
519. Rê Bordosa: do começo ao fim – Angeli
520. O Harlem é escuro – Chester Himes
521. Café-da-manhã dos campeões – Kurt Vonnegut
522. Eugénie Grandet – Balzac
523. O último magnata – F. Scott Fitzgerald
524. Carol – Patricia Highsmith
525. 100 receitas de patisseria – Silvio Lancellotti
526. O fator humano – Graham Greene
527. Tristessa – Jack Kerouac
528. O diamante do tamanho do Ritz – S. Fitzgerald
529. As melhores histórias de Sherlock Holmes – Arthur Conan Doyle
530. Cartas a um jovem poeta – Rilke
531.(20). Memórias de Maigret – Simenon
532.(4). O misterioso sr. Quin – Agatha Christie
533. Os analectos – Confúcio
534.(21). Maigret e os homens de bem – Simenon
535.(22). O medo de Maigret – Simenon
536. Ascensão e queda de César Birotteau – Balzac
537. Sexta-feira negra – David Goodis
538. Ora bolas – O humor cotidiano de Mario Quintana – Juarez Fonseca
539. Longe daqui aqui mesmo – Antonio Bivar
540.(5) É fácil matar – Agatha Christie
541. O pai Goriot – Balzac
542. Brasil, um país do futuro – Stefan Zweig
543. O processo – Kafka
544. O melhor de Hagar 4 – Dik Browne
545.(6) Por que não pediram a Evans? – Agatha Christie
546. Fanny Hill – John Cleland
547. O gato por dentro – William S. Burroughs
548. Sobre a brevidade da vida – Sêneca
549. Geraldão (1) – Glauco
550. Piratas do Tietê (2) – Laerte

551. **Pagando o pato** – Ciça
552. **Garfield de bom humor** – Jim Davis
553. **Conhece o Mário?** – Santiago
554. **Radicci 6** – Iotti
555. **Os subterrâneos** – Jack Kerouac
556. (1). **Balzac** – François Taillandier
557. (2). **Modigliani** – Christian Parisot
558. (3). **Kafka** – Gérard-Georges Lemaire
559. (4). **Júlio César** – Joël Schmidt
560. **Receitas da família** – J. A. Pinheiro Machado
561. **Boas maneiras à mesa** – Celia Ribeiro
562. (9). **Filhos sadios, pais felizes** – R. Pagnoncelli
563. (10). **Fatos & mitos** – Dr. Fernando Lucchese
564. **Ménage à trois** – Paula Taitelbaum
565. **Mulheres!** – David Coimbra
566. **Poemas de Álvaro de Campos** – Fernando Pessoa
567. **Medo e outras histórias** – Stefan Zweig
568. **Snoopy e sua turma (1)** – Schulz
569. **Piadas para sempre (1)** – Visconde da Casa Verde
570. **O alvo móvel** – Ross Macdonald
571. **O melhor do Recruta Zero (2)** – Mort Walker
572. **Um sonho americano** – Norman Mailer
573. **Os broncos também amam** – Angeli
574. **Crônica de um amor louco** – Bukowski
575. (5). **Freud** – René Major e Chantal Talagrand
576. (6). **Picasso** – Gilles Plazy
577. (7). **Gandhi** – Christine Jordis
578. **A tumba** – H. P. Lovecraft
579. **O príncipe e o mendigo** – Mark Twain
580. **Garfield, um charme de gato** – Jim Davis
581. **Ilusões perdidas** – Balzac
582. **Esplendores e misérias das cortesãs** – Balzac
583. **Walter Ego** – Angeli
584. **Striptiras (1)** – Laerte
585. **Fagundes: um puxa-saco de mão cheia** – Laerte
586. **Depois do último trem** – Josué Guimarães
587. **Ricardo III** – Shakespeare
588. **Dona Anja** – Josué Guimarães
589. **24 horas na vida de uma mulher** – Stefan Zweig
590. **O terceiro homem** – Graham Greene
591. **Mulher no escuro** – Dashiell Hammett
592. **No que acredito** – Bertrand Russell
593. **Odisséia (1): Telemaquia** – Homero
594. **O cavalo cego** – Josué Guimarães
595. **Henrique V** – Shakespeare
596. **Fabulário geral do delírio cotidiano** – Bukowski
597. **Tiros na noite 1: A mulher do bandido** – Dashiell Hammett
598. **Snoopy em Feliz Dia dos Namorados (2)** – Schulz
599. **Mas não se matam cavalos?** – Horace McCoy
600. **Crime e castigo** – Dostoiévski
601. (7). **Mistério no Caribe** – Agatha Christie
602. **Odisséia (2): Regresso** – Homero
603. **Piadas para sempre (2)** – Visconde da Casa Verde
604. **À sombra do vulcão** – Malcolm Lowry
605. (8). **Kerouac** – Yves Buin
606. **E agora são cinzas** – Angeli
607. **As mil e uma noites** – Paulo Caruso
608. **Um assassino entre nós** – Ruth Rendell
609. **Crack-up** – F. Scott Fitzgerald
610. **Do amor** – Stendhal
611. **Cartas do Yage** – William Burroughs e Allen Ginsberg
612. **Striptiras (2)** – Laerte
613. **Henry & June** – Anaïs Nin
614. **A piscina mortal** – Ross Macdonald
615. **Geraldão (2)** – Glauco
616. **Tempo de delicadeza** – A. R. de Sant'Anna
617. **Tiros na noite 2: Medo de tiro** – Dashiell Hammett
618. **Snoopy em Assim é a vida, Charlie Brown! (3)** – Schulz
619. **1954 – Um tiro no coração** – Hélio Silva
620. **Sobre a inspiração poética (Íon) e ...** – Platão
621. **Garfield e seus amigos** – Jim Davis
622. **Odisséia (3): Ítaca** – Homero
623. **A louca matança** – Chester Himes
624. **Factótum** – Charles Bukowski
625. **Guerra e Paz: volume 1** – Tolstói
626. **Guerra e Paz: volume 2** – Tolstói
627. **Guerra e Paz: volume 3** – Tolstói
628. **Guerra e Paz: volume 4** – Tolstói
629. (9). **Shakespeare** – Claude Mourthé
630. **Bem está o que bem acaba** – Shakespeare
631. **O contrato social** – Rousseau
632. **Geração Beat** – Jack Kerouac
633. **Snoopy: É Natal! (4)** – Charles Schulz
634. (8). **Testemunha da acusação** – Agatha Christie
635. **Um elefante no caos** – Millôr Fernandes
636. **Guia de leitura (100 autores que você precisa ler)** – Organização de Léa Masina
637. **Pistoleiros também mandam flores** – David Coimbra
638. **O prazer das palavras – vol. 1** – Cláudio Moreno
639. **O prazer das palavras – vol. 2** – Cláudio Moreno
640. **Novíssimo testamento: com Deus e o diabo, a dupla da criação** – Iotti
641. **Literatura Brasileira: modos de usar** – Luís Augusto Fischer
642. **Dicionário de Porto-Alegrês** – Luís A. Fischer
643. **Clô Dias & Noites** – Sérgio Jockymann
644. **Memorial de Isla Negra** – Pablo Neruda
645. **Um homem extraordinário e outras histórias** – Tchekhov
646. **Ana sem terra** – Alcy Cheuiche
647. **Adultérios** – Woody Allen
648. **Playback** – Raymond Chandler
649. **Nosso homem em Havana** – Graham Greene
650. **Dicionário Caldas Aulete de Bolso**
651. **Snoopy: Posso fazer uma pergunta, professora? (5)** – Charles Schulz
652. (10). **Luís XVI** – Bernard Vincent
653. **O mercador de Veneza** – Shakespeare
654. **Cancioneiro** – Fernando Pessoa
655. **Non-Stop** – Martha Medeiros
656. **Carpinteiros, levantem bem alto a cumeeira & Seymour, uma apresentação** – J.D.Salinger
657. **Por que não sou cristão** – Bertrand Russell
658. **Melhor de Hagar 5** – Dik Browne
659. **Primeiro amor** – Ivan Turguêniev
660. **A trégua** – Mario Benedetti
661. **Um parque de diversões da cabeça** – Lawrence Ferlinghetti
662. **Aprendendo a viver** – Sêneca
663. **Garfield 9** – Jim Davis

IMPRESSÃO:

GRÁFICA EDITORA
Pallotti
IMAGEM DE QUALIDADE

Santa Maria - RS - Fone/Fax: (55) 3220.4500
www.pallotti.com.br